半夢詩集

亦木 著

東方出版中心

图书在版编目（CIP）数据

半梦诗集 / 栾玉成著. —上海：东方出版中心，
2022.9
ISBN 978-7-5473-1995-6

Ⅰ. ①半… Ⅱ. ①栾… Ⅲ. ①诗词－作品集－中国－
当代 Ⅳ. ①I227

中国版本图书馆CIP数据核字（2022）第132415号

半梦诗集

著　　者　栾玉成
责任编辑　李　旭
装帧设计　钟　颖

出版发行　东方出版中心有限公司
地　　址　上海市仙霞路345号
邮政编码　200336
电　　话　021-62417400
印 刷 者　上海丽佳制版印刷有限公司

开　　本　787mm×1092mm 1/32
印　　张　7.625
字　　数　47千字
版　　次　2022年9月第1版
印　　次　2022年9月第1次印刷
定　　价　68.00元

序

我有两位化学界的朋友，他们都酷爱诗歌且写出的诗作非常优美，充满了诗情画意。这让我不禁关注起化学家与诗人的关系来。经查考，化学家诗人，中外不乏其人。远的不说，就说近年的，意大利化学家普里莫·列维（Primo Levi），1981年诺贝尔化学奖获得者、美国化学家罗阿尔德·霍夫曼（Roald Hoffmann），都是著名诗人。而眼前的亦木也是一位化学和诗歌二者兼擅的人！

爱因斯坦曾说："在科学思维中，永远存在着诗歌因素。"那么，什么样的人才能化学诗歌总相宜呢？这使我想起莎士比亚的一句名言："天才的特征之一，就是把相距最远的一些才能结合在一起。"

《半梦诗集》的作者埋头于纳米材料产业化工作，而诗歌竟一路随行。他在逻辑思维和形象思维中随意穿行，在化学和诗歌之间，开辟出一片新天地。他涉足了"交叉科学"，用一个时髦的概念来界定，他是一位跨界诗人！

于丛杨（中外语言交流合作中心退休）

二零二二年八月

自 序

东坡先生云："人生如梦。"而找寻理想也可称追梦。如今人生过半，梦亦过半。三变先生道："半梦半醒半浮生。"末学且作《半梦诗集》，记下二零一四年至二零二二年一路走来的些许碎思。集成小册，不为班门弄斧，仅小记经年的悲与喜。

亦木

二零二二年春于江南

绝句

◎ 明 仇英 《梧竹书堂图》（局部）

初夏感怀

六尘浮尘同其尘，
守真抱真存本真。
痴事傻事平生事，
欺人愚人皆路人。

写于二零二二年四月二十四日

谷雨

谷雨观新荷，
薄雾起村郭。
闻歌雀共舞，
繁花落烟波。

写于二零二二年四月二十日

◎ 明 文伯仁 《横塘雨歌图》（局部）

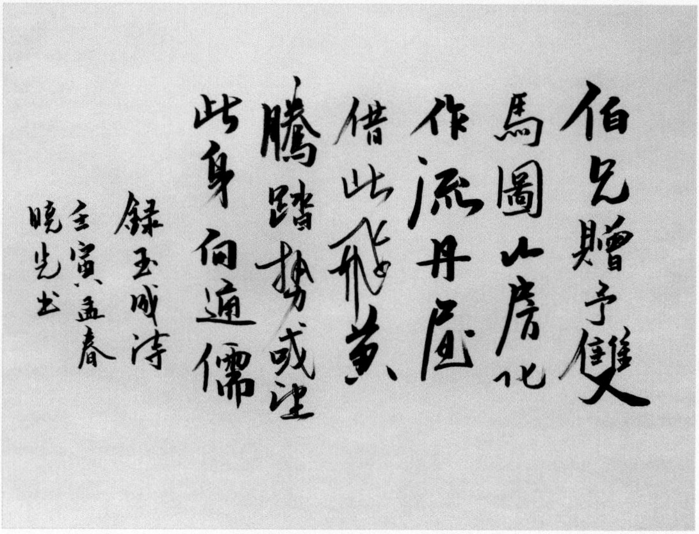
伯兄贈予雙
馬圖山房化
作流丹匯
借此飛黄、
騰踏勢
此身向通儒
錄玉成詩
壬寅孟春

寄晓光兄

伯兄[1]赠予双马图[2]，
山房[3]化作流丹[4]屋。
借此飞黄腾踏[5]势，
或望此身向[6]通儒[7]。

写于二零二二年四月十二日

[1] 伯兄：长兄。

[2] 双马图：东北名家所作，晓光兄转赠我。

[3] 山房：山中的书室，这里指我的办公室。

[4] 流丹：形容色彩飞动。

[5] 飞黄腾踏：形容马的飞驰，比喻运势好。

[6] 向：接近。

[7] 通儒：指学识渊博的儒者。

◎ 元 王蒙 《秋山草堂图》（局部）

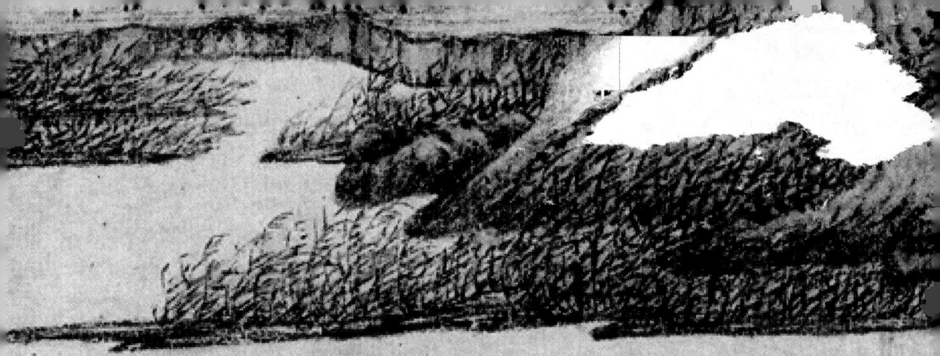

春·延陵夜雨[1]

云浓风劲流光[2]迟，
春寒夜雨新柳湿。
今宵犹着三冬裘，
明朝却簪百花[3]枝。

写于二零二二年三月二十一日

[1] 本诗写于疫情下的常州。

[2] 流光：此处指如水的月光。

[3] 簪百花：古时喜庆之日，朝廷百官巾帽上的簪花。

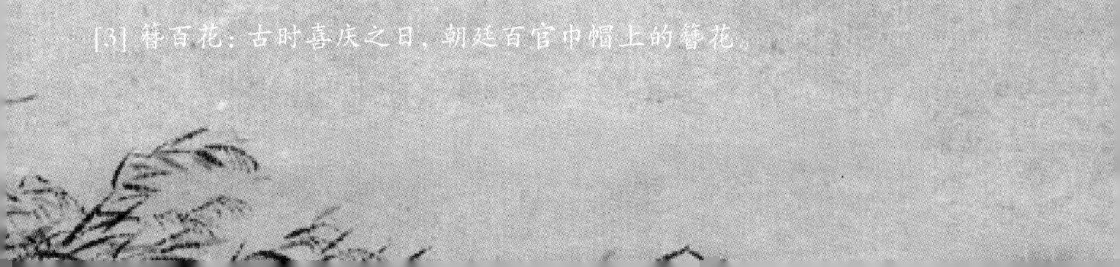

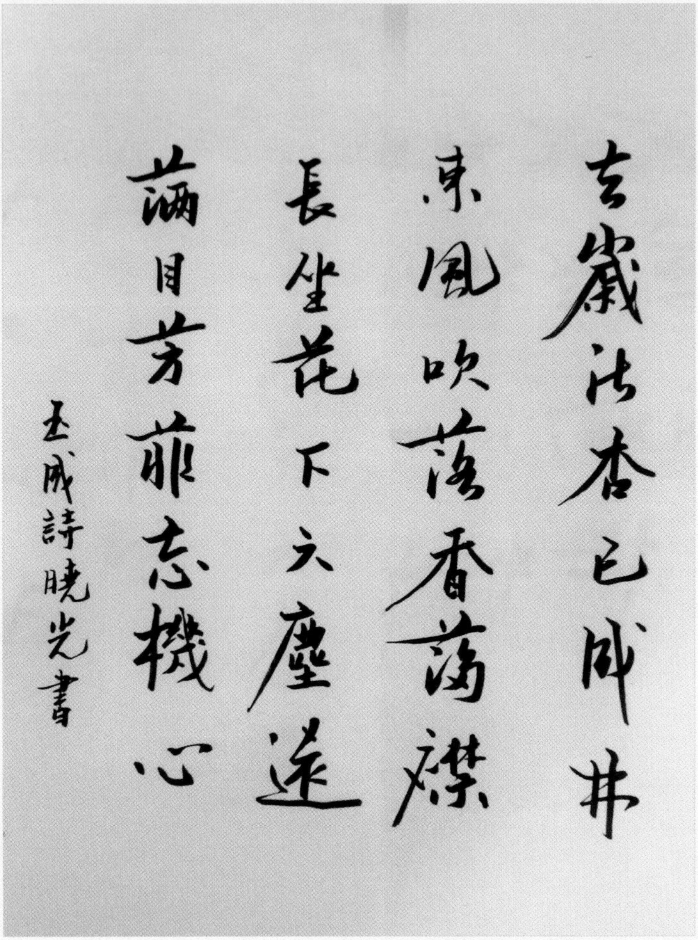
古嵗法杏已成井
東風吹落香滿襟
長坐花下六塵遠
滿目芳菲忘機心
孟成詩曉光書

春·延陵

去岁新杏已成林，
东风吹落香满襟。
长坐花下六尘远，
满目芳菲忘机心。

写于二零二二年三月十四日

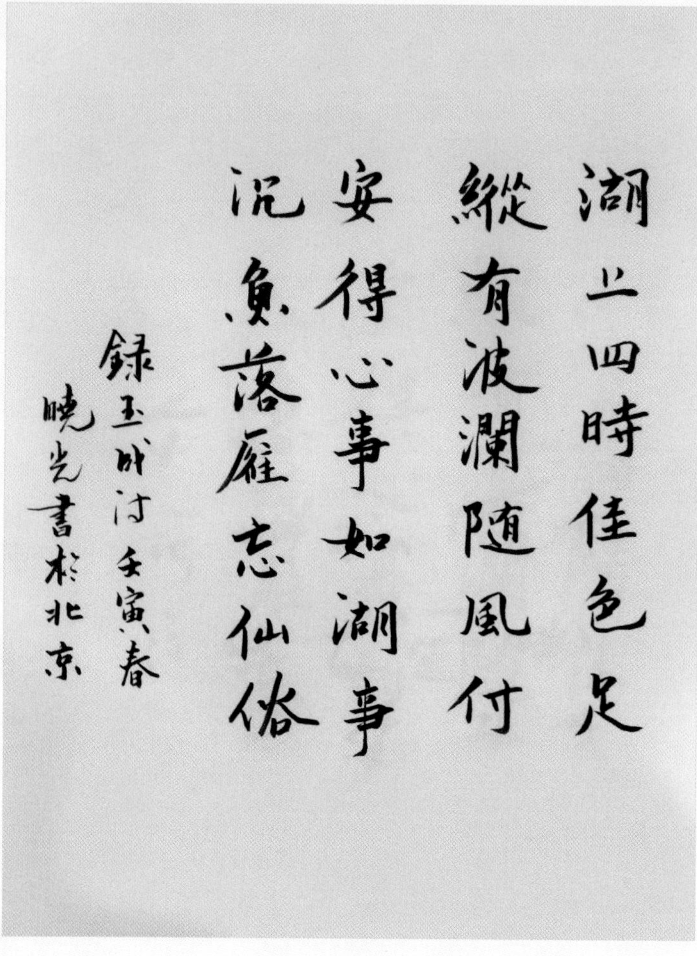
湖上四時佳色足
縱有波瀾隨風付
安得心事如湖事
沉魚落雁忘仙俗
錄玉成詩 壬寅春
曉光書於北京

咏滆湖

湖上四时[1]佳色足，
纵有波澜随风付[2]。
安得[3]心事如湖事，
沉鱼落雁忘仙俗[4]。

写于二零二二年三月十日

[1] 四时：指春、夏、秋、冬四季。

[2] 随风付：随风去。

[3] 安得：如何能得、怎能得，有不可得的意思。

[4] 仙俗：这里也可指追求与烦恼。

茶

炒烘曬蒸焙仙芽
綠黃青黑入詩畫
常飲湖畔浮沉葉
欲赴海外覓僊家

賀玉成難得賦閑
著作等身事業广
成 壬寅春曉光
於北京敬書

茶

炒烘晒蒸焙[1]仙芽[2]，
绿黄青黑[3]入诗画。
常饮湖畔浮沉[4]叶，
欲赴海上觅仙家。

写于二零二二年二月二十七日

[1] 炒烘晒蒸：做茶的工艺。

[2] 仙芽：茶叶的美称。

[3] 绿黄青黑：茶的常见种类，也指茶的颜色。

[4] 浮沉：泡茶时茶叶时浮时沉。

◎ 元 孙君泽 《高士观眺图》（局部）

新年

晨兴湖上映新曦[1]，
回望去岁沧海事。
又是壬寅虎踞期，
却见一季东风至。

写于二零二二年一月十日

[1] 新曦：指清晨的阳光。

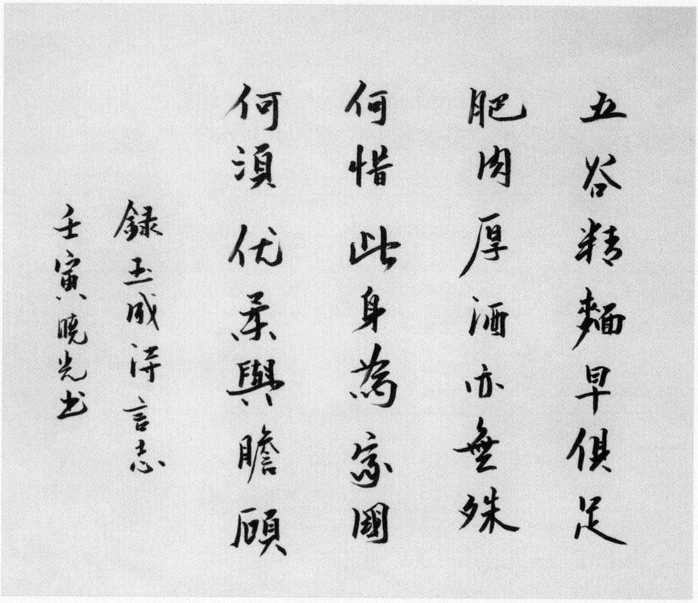
五谷精麵早俱足
肥肉厚酒亦無殊
何惜此身為家國
何須優柔與瞻顧
錄王成詩言志
壬寅曉光書

言志

五谷精面早俱足，
肥肉厚酒亦无殊。
何惜此身为家国，
何须优柔与瞻顾。

写于二零二二年一月十日

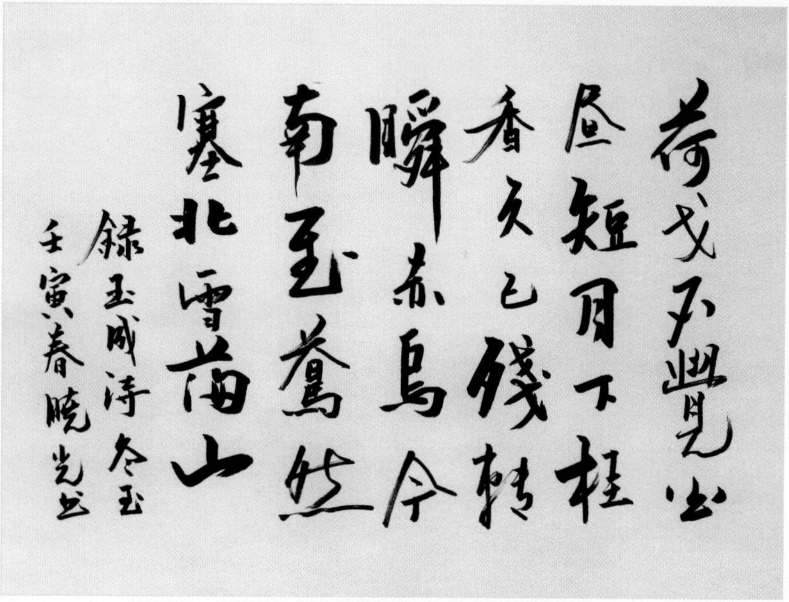
晝短月下桂
香久已殘轉
瞬赤烏今
南至蒼然
塞北雪滿山
錄玉成詩冬至
壬寅春曉光書

二十四节气·冬至

荷戈[1]不觉白昼短，
月下桂香久已残。
转瞬赤乌[2]今南至，
蓦然塞北雪满山。

写于二零二一年十二月二十一日

[1] 荷戈：拿起武器，引申为为国效命，此处指工作。

[2] 赤乌：金乌，代指太阳。

◎ 明 文徵明 《品茶图》

吴师[1]谈史

微末平素座亦满，
客来小酌人半酣。
闲暇听史衣浸汗，
觥筹声里夜光寒。

写于二零二一年十二月十四日

[1] 吴师：吴通好教授，吉林大学化学系原主任。

◎ 宋 徐禹功《雪中梅竹图（对雪）》

节气·大雪

本是无根水，
化作玉尘飞。
荟蔚[1]待香梅，
抑或望人归。

写于二零二一年十二月八日

[1] 荟蔚：指云雾弥漫，这里指雪大。

◎ 清 徐方 《出征图》

莱芜怀曹刿[1]

江南平定[2]初罢鼓，
长勺北路忆长勺[3]。
一鼓作气振士气，
齐鲁征程祭新灶。

写于二零二一年八月十四日，
定稿于二零二一年十一月二十三日。

[1] 曹刿：春秋时鲁国人，鲁庄公十年（公元前 684 年），齐攻鲁，他随庄公迎战齐军于长勺（今山东莱芜东北），大败齐师，“一鼓作气”的典故出于此。

[2] 平定：指结束了比较重大的一次内部治理。

[3] 长勺北路：莱芜路名。

夜·思父

寒食[1]思家严[2]，
夜来暂解鞍。
膝下难成欢，
长坐孤灯畔。

写于二零二一年十一月二十三日

[1] 寒食：寒食节，中国传统节日，在农历冬至后一百零五日，清明节前一二日。

[2] 家严：自己的父亲。

© 明 沈周《青园图》

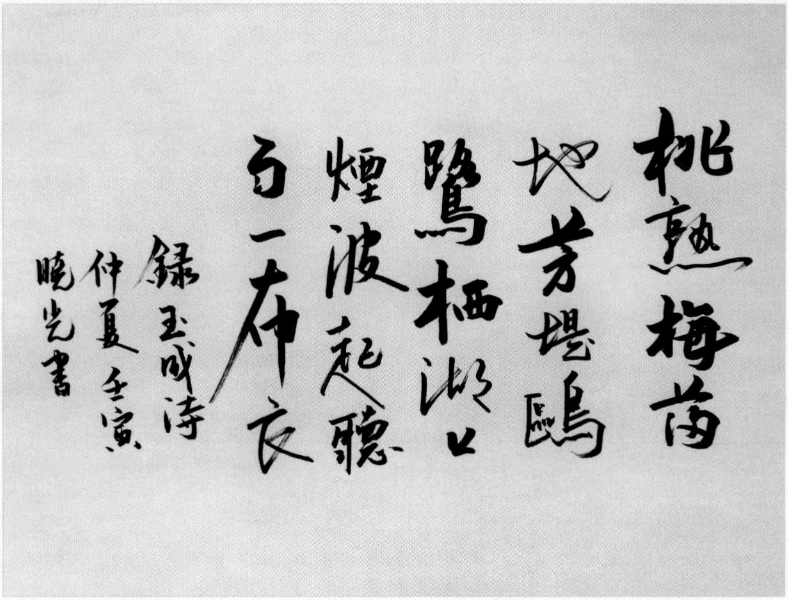
録玉成詩
仲夏壬寅
曉光書

仲夏

桃熟梅满地，
芳堤鸥鹭栖。
湖上烟波起，
听雨一布衣[1]。

写于二零二一年六月十二日，
定稿于二零二一年十一月二十三日。

[1] 布衣：指平民百姓，这里指作者自己。

乘机有感（其二）

清月微光照九州，
布衣何需千金裘。
爱恨别离人语远，
望尽关山万里秋。

写于二零二一年十二月二十二日

◎ 明 文徵明 《吴中胜概图》（局部）

◎ 明 蓝瑛《溪山话旧图》（局部）

忆求学

拜孔拜颜拜曾孟，
度春度夏度秋冬。
蒙童懵懂学甚恭，
点墨淡痕铭于胸。

写于二零二一年十一月二十二日

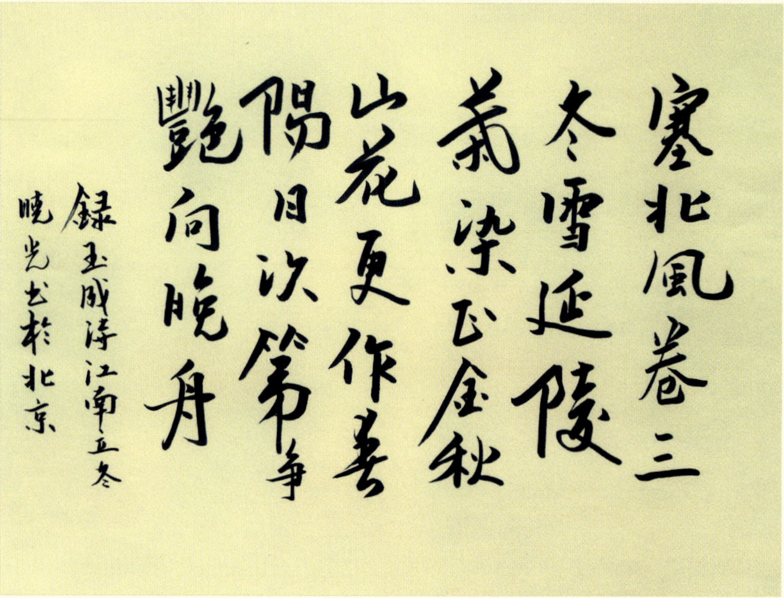
塞北風卷三
冬雪延陵
菊染盡金秋
山花更作春
陽日次第爭
豔向晚舟
錄玉成詩江南乙丑冬
曉光書於北京

江南·立冬

塞北风卷三冬雪，
延陵叶染正金秋。
山花[1]更作春阳日，
次第争艳向晚舟。

写于二零二一年十一月十四日

[1] 山花：这里指海棠。海棠自然花期为三月中旬至五月。海棠秋天二度开花，主要是春夏两季干旱少雨，使得个别枝条推迟或者停止了花芽的萌发，进入秋季后，有些隐藏、停滞的花芽得到了充足的养分，再加上天气暖和，就会出现花开二度的现象。

◎ 宋 佚名《征人晓发图》

辛丑有感

大破大立仍独立，
奋不顾身此病身。
四十不惑托孤根[1]，
三千征程宿烟村[2]。

写于二零二一年十一月十四日

[1] 孤根：独生的根，指孤独无依。

[2] 烟村：被烟雾笼罩的村庄，多指江南水乡。

◎ 北宋 米友仁 《女子山无数图》（局部）

乘机有感（二）

万里关山御长风，
千古皓月洒清秋。
阴阳变幻[1]贪嗔断，
红尘偕忘太虚游。

写于二零二一年十月九日

[1] 阴阳变幻：指旅途中白天到黑夜的转换。

◎ 清 郑板桥 《竹石图》

月下竹·江陵往返[1]所见

江南月明夜，
山北翠青竹。
长忆篁与月[2]，
何计长或阻[3]。

写于二零二一年九月二十二日

[1] 往返：指往返于南京与常州。

[2] 篁与月：篁指竹，志向刚直坚韧，中空有节，象征虚心和贞洁；月指故乡，有清新超逸的意象。

[3] 何计长或阻：指道路虽阻且长，但行则将至。

◎ 明 仇英《桃源仙境图（田园乐）》

江南梅·春

梅花吐蕊自顾开，
车水马龙世人来。
时而折腰为名利，
时而唤友醉歌台。

写于二零二一年三月三十一日

◎ 宋 佚名 《碧桃图》

无题（其一）

花开花谢花自语，
人来人往人独居。
笑看命里名与利，
独羡舸去歌一曲。

写于二零二一年三月九日

◎ 明 赵子俊 《停舟访梅图》

江南·冬

又是一年腊月八，
信步延陵[1]探梅花。
湖上烟波连霄汉，
汀[2]洲万树欲生芽。

写于二零二一年一月二十二日

[1] 延陵：古邑名，大约在今常州、江阴、丹阳等吴地沿江一带地区。

[2] 汀：水边平地、小洲。

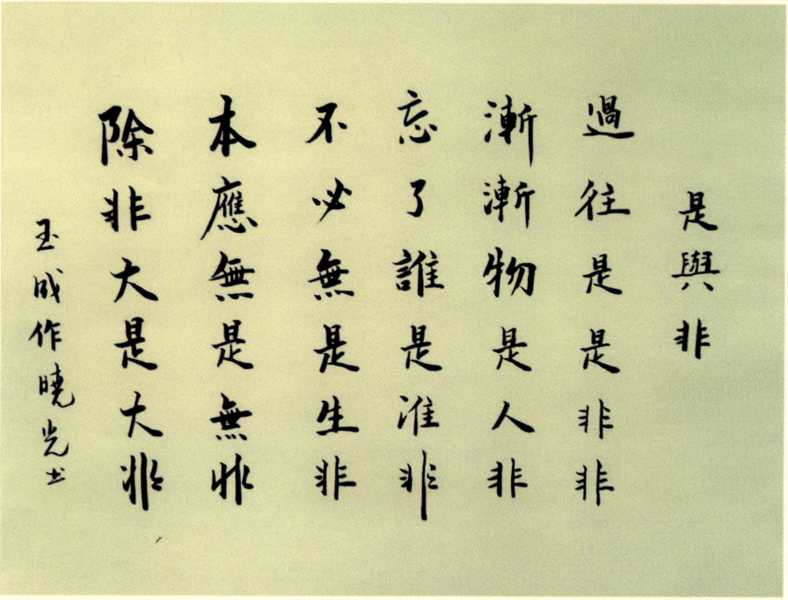
是與非
過往是是非非
漸漸物是人非
忘了誰是誰非
不必無是生非
本應無是無非
除非大是大非
玉成作曉光書

是与非

过往是是非非，
渐渐物是人非。
忘了谁是谁非，
不必无是生非。
本应无是无非，
除非大是大非。

写于二零二一年一月三日

◎ 清 髡残 《溪山秋雨图》（局部）

行路

塞北江南一日还，
单骑不畏行路难。
风霜雨雪壮胸胆，
征衣足御秋露寒。

写于二零二零年十二月二十日

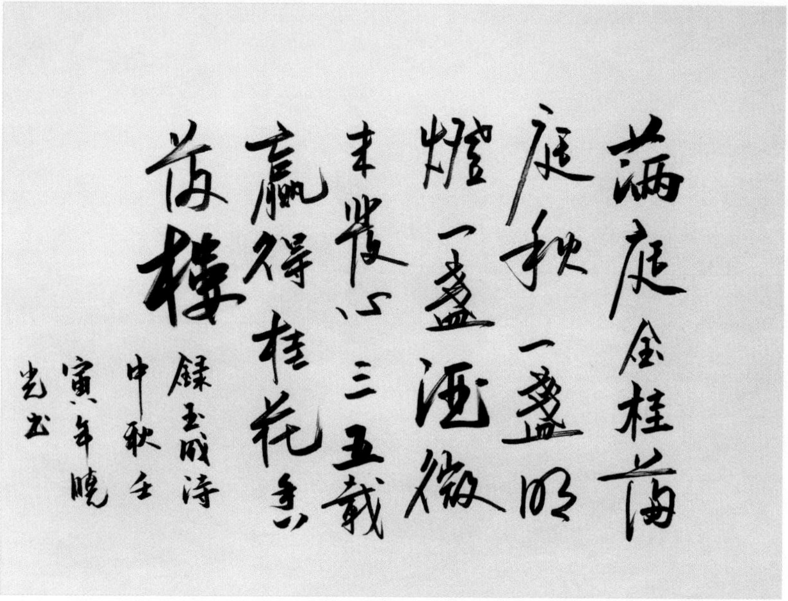
滿庭金桂滿
庭秋一盞明
燭一盞酒微
未發心三五載
贏得桂花香
滿樓
録玉成詩
中秋壬
寅年曉
光书

中秋

满庭金桂满庭秋，
一盏明灯一盏酒。
微末发心三五载，
赢得桂花香满楼。

写于二零二零年十月一日

◎ 明 仇英《高山流水图》（局部）

东山夜居

寅时[1]梦回独听雨，
震泽[2]东山[3]藕花居。
拳拳寸心制进旅[4]，
漾漾秋水若琼玉。

写于二零二零年九月十六日

[1] 寅时：十二时辰之一，凌晨三点钟到五点钟。

[2] 震泽：镇名。在江苏省苏州市吴江区西南部。

[3] 东山：指东山镇，在江苏省苏州市吴中区西南部，太湖东岸。因东洞庭山得名。

[4] 制进旅：队列步调一致前进。

游采石矶[1]

飞燕双双太白洲[2]，
夏雨绵绵太白楼[3]。
金沙水作长江水[4]，
薄名何计似水流。

写于二零二零年七月十二日

[1] 采石矶：位于安徽省马鞍山市西南的翠螺山麓，与城陵矶、燕子矶合称“长江三矶”。

[2] 太白洲：又称太白岛、江心洲，位于安徽当涂县西北部长江主航道东侧，因长江泥沙逐渐沉积形成。唐代大诗人李白死于当涂，今安徽马鞍山南采石山下采石镇犹存墓址，过往诗人到此多有吟咏。

[3] 太白楼：位于采石矶西南二公里处，是中国现存最具规模的一组纪念李白的古建筑群，现为全国重点文物保护单位。

[4] 金沙水作长江水：这里指金沙江与岷江合流称为长江，金沙江是中国长江的上游。

◎ 清 王翚《柳岸江洲图》（局部）

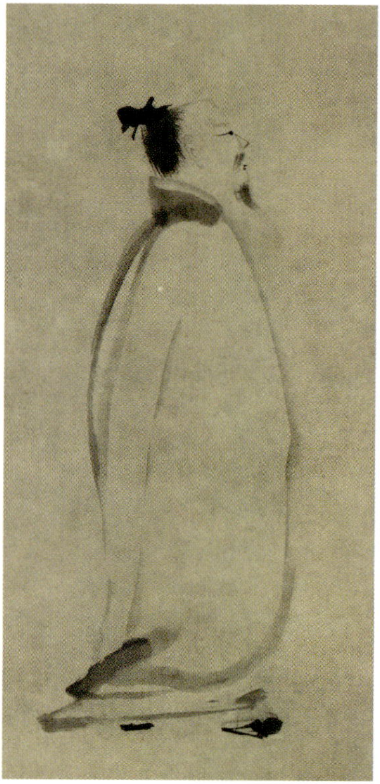

◎ 宋 梁楷 《太白行吟图》

无题（其二）

半寒半暖半月天，
半文半白半谦谦。
半毁半誉半生缘，
半梦半醒半谪仙[1]。

写于二零二零年六月三十日

[1] 谪仙：谪居世间的仙人，常用以称誉才学优异的人。

◎ 宋 佚名 《西湖春晓图》

无题（其三）

一场宿醉一场梦，
几度斜阳几度风。
又是一年桃红日，
白鹭展翅飞长空。

写于二零二零年三月八日

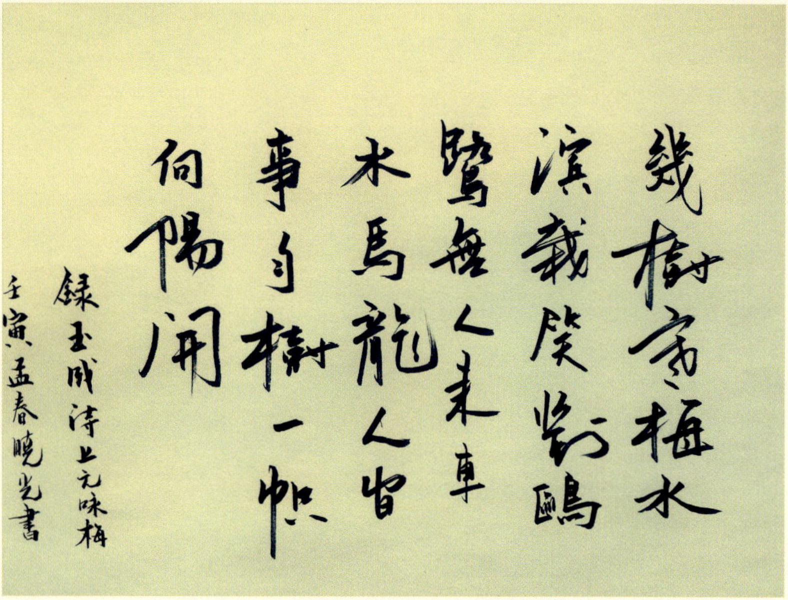
幾樹寒梅水
濱栽笑對鷗
鷺無人來車
水馬龍人皆
事自樹一幟
向陽開
錄玉成詩上元咏梅
壬寅孟春曉光書

上元[1]咏梅

几树寒梅水滨栽，
笑对鸥鹭无人来。
车水马龙人间事，
自树一帜向阳开。

写于二零二零年二月八日

[1] 上元：元宵节。

◎ 近代 齐白石《岁朝图》（局部）

迎春

千里暮雪江山白，
一声爆竹腊梅开。
笑对银霜送冬去，
喜迎金鼠报春来。

写于二零二零年一月二十四日

◎ 元 钱选《扶醉图》

夜语

酒有波澜茶有话，
醉时高歌醒时哑。
花开花谢茶作酒，
熙来攘往酒亦茶。

写于二零一九年十二月三十一日

◎ 南宋　朱惟德《江亭揽胜图》

金陵·秋

寒雨染江枫，
严霜白[1]芦丛。
莫道来路险，
长思塞上翁。

写于二零一九年十二月三日

[1] 白：此处作动词，使……白。

秋

渐黄渐红千山面，
时寒时暖秋霜天。
熙熙攘攘随风逝，
是是非非一笑间。

写于二零一九年十月三十一日

◎ 明 沈周 《杖藜远眺图》（局部）

◎ 宋 佚名 《远水扬帆图》（局部）

追梦

铁衣秋露寒，
谁道行路难。
扬眉旌旗展，
长风舞高帆。

写于二零一九年九月十二日

◎ 宋 佚名 《海棠蛱蝶图》

秋思（其二）

秋蝶低飞云低垂，
斜阳晚照舟晚归。
风风雨雨平生事，
月月年年我是谁。

写于二零一九年八月十三日

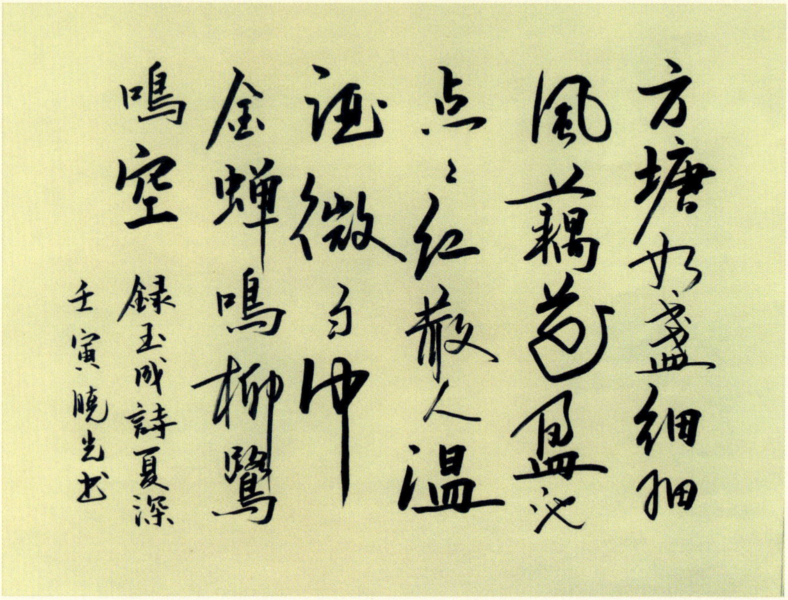
方塘水盡細細
風藕荷盡沈
點點紅散人溫
遲微雨中
金蟬鳴柳鷺
鳴空
録玉成詩夏深
壬寅曉光書

夏深

方塘如盏[1]细细风，
藕花盈池点点红。
散人[2]温酒微雨中，
金蝉鸣柳鹭鸣空。

写于二零一九年六月三十日

[1] 盏：小杯子。

[2] 散人：闲散的人，这里是作者自指。

◎ 宋 佚名 《出水芙蓉图》

旅途[1]（其二）

昨夜滆湖揽月客，
今晨吴淞江畔风。
梅雨方觉夏又至，
芙蕖[2]婷立碧湖东。

写于二零一九年六月二十一日

[1] 为往返常州与上海时所作。

[2] 芙蕖：睡莲科莲属植物。指已经开放的荷花。

◎ 南宋 赵伯驹《莲舟新月图》（局部）

初夏

荷叶婷婷立微风，
杨梅春桃次第红。
万木争春转头空，
参商[1]交错月如弓。

写于二零一九年六月六日

[1] 参商交错：参商，指参星与商星，常比喻亲友不能相见。这里指时光流逝。

◎ 清 邹一桂 《杜牧诗意图》（局部）

元旦

心有淋漓意，
胸无不平事。
何忧春日迟，
何惧风雪至。

写于二零一九年一月一日，
定稿于二零一九年五月十三日。

◎ 宋 佚名 《江山殿阁图》

夏游京口三山

北固山巅北固楼，
见惯兵火历千秋。
江流荡尽兴废事，
犹思孙刘夺荆州。

写于二零一九年四月二十七

© 清 华嵒 《桃潭浴鸭图》（局部）

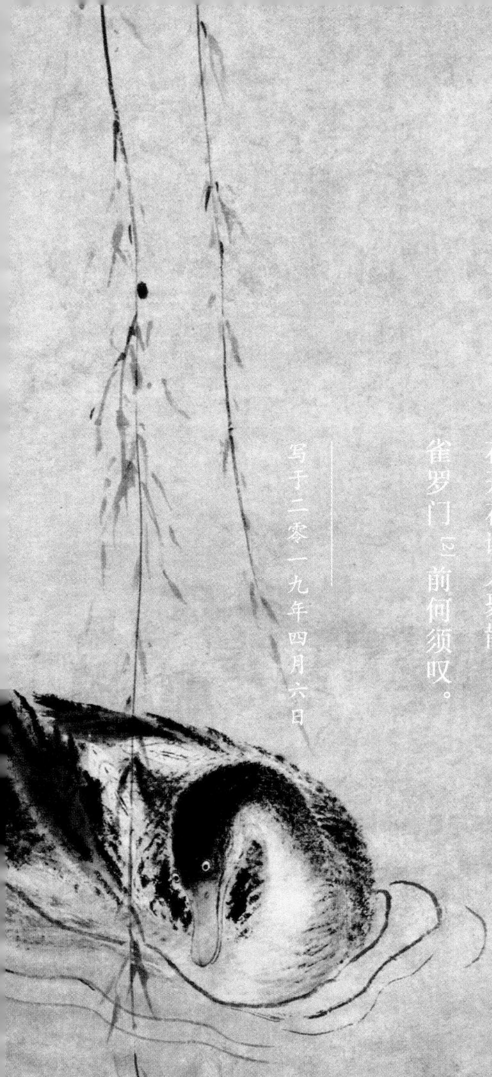

咏桃·春游瘦西湖

香梅零落着青衫[1]，
碧桃佳色映水天。
花开花谢人聚散，
雀罗门[2]前何须叹。

写于二零一九年四月六日

[1] 青衫：古时学子所穿之服，这里指梅花凋落之后长的新叶。

[2] 雀罗门：指冷落的门庭。

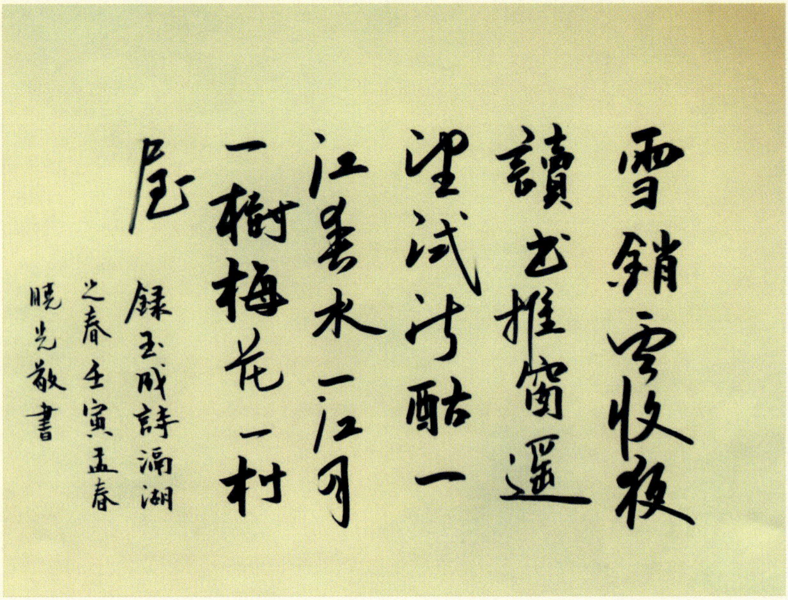
雪銷雲收夜
讀書推窗遥
望試詩酣一
江春水一江月
一樹梅花一村
居
錄玉成詩滿湖
之春壬寅孟春
曉光敬書

滆湖·春

雪销云收夜读书，
推窗遥望试新酤[1]。
一江春水一江月，
一树梅花一村屋。

写于二零一九年三月八日

[1] 新酤：一夜酿成的酒。

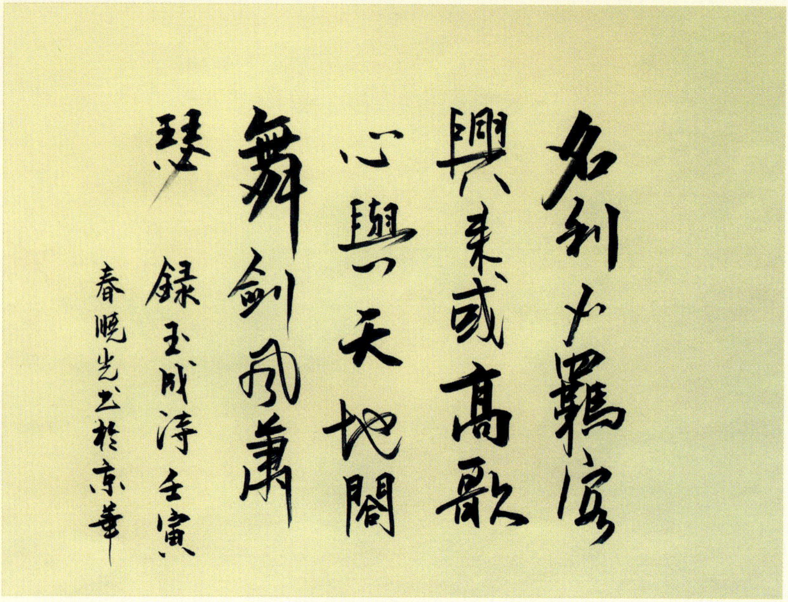
興來或高歌
心與天地闊
舞劍風蕭瑟
録玉成詩壬寅
春曉光书於京華

上元感怀

名利不羁客，
兴来或高歌。
心与天地合，
舞剑风萧瑟。

写于二零一九年二月一九日

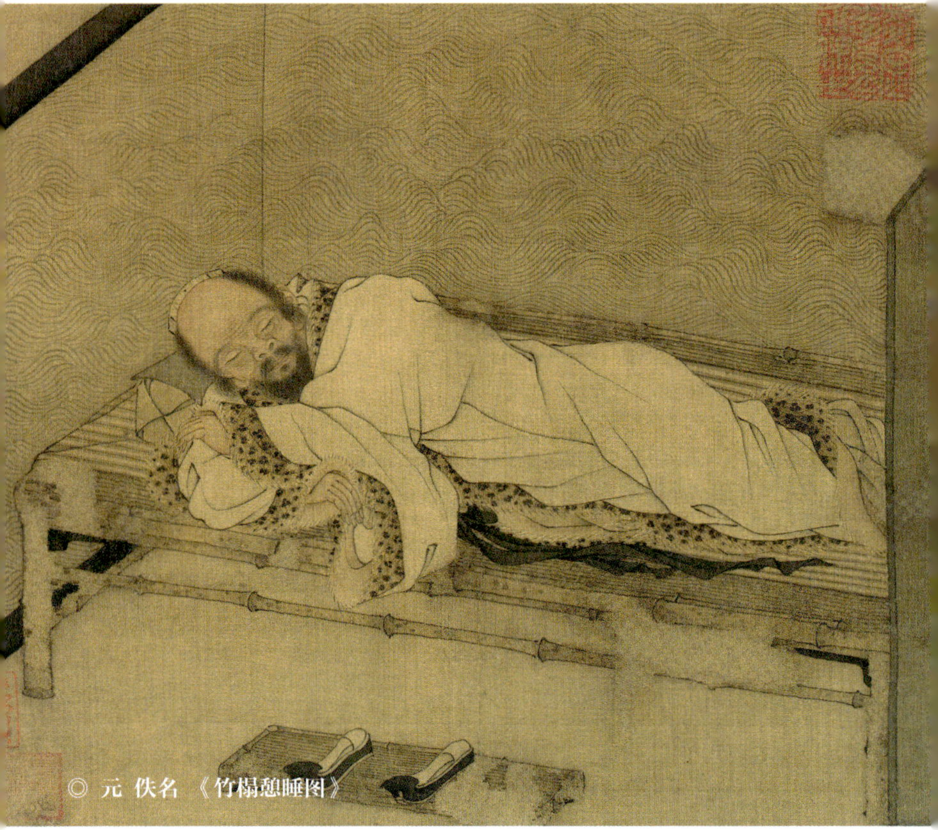

◎ 元 佚名 《竹榻憩睡图》

夜·江南

更深独掩帘，
冬严衾亦寒。
盏酒温胸胆，
乘风探芝兰[1]。

写于二零一八年十二月二十八日

[1] 芝兰：芝和兰，比喻德行高尚或友情美好。

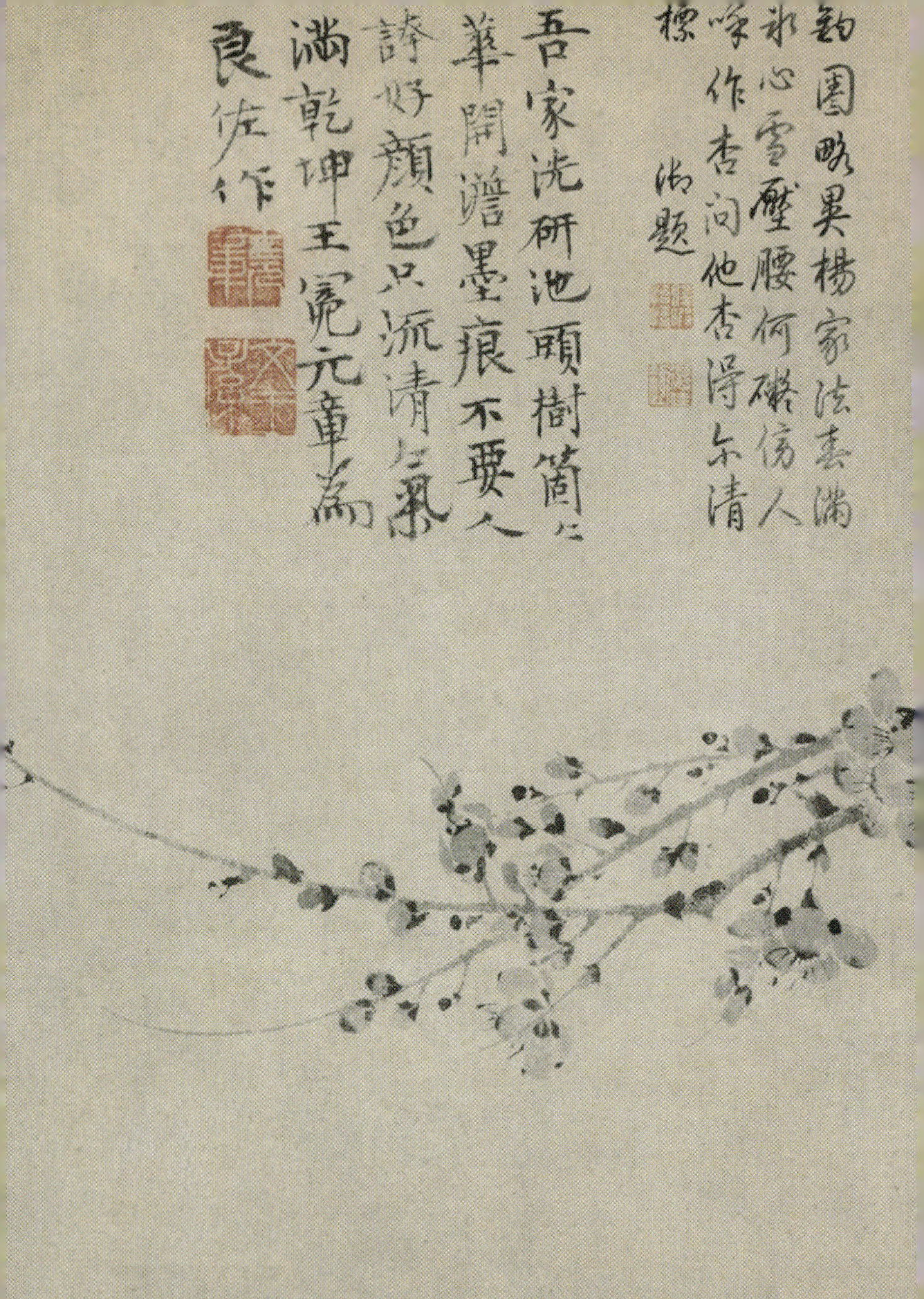

◎ 元 王冕 《墨梅图纸本》

雨夜遇腊梅

冬至夜雨春将来，
江南处处香梅栽。
金瓣陶然凌霜雪，
何求牡丹次第开。

写于二零一八年十二月二十一日

◎ 宋 高克明 《溪山雪意图》（局部）

岁末

尤记早春新绿时，
而今桐叶随风逝。
幸得寸阴付寸心，
何计营营年将至。

写于二零一八年十二月九日

◎ 北宋 赵令穰 《陶潜赏菊图》（局部）

无题（其四）

秋风夜送寒，
薄云月笼山。
霜深草犹劲，
把酒[1]对千帆。

写于二零一八年十一月二十日

[1] 把酒：端着酒杯。

◎ 明 沈周 《盆菊幽赏图（水仙子）》

秋思（其二）

红红黄黄逢翠减[1]，
月月年年又霜华[2]。
心随飞鸟长空阔，
身似落叶任天涯。

写于二零一八年十月二十日

[1] 红红黄黄逢翠减：红、黄、翠指秋天树叶的颜色。

[2] 霜华：即霜，此处亦喻指白色须发。

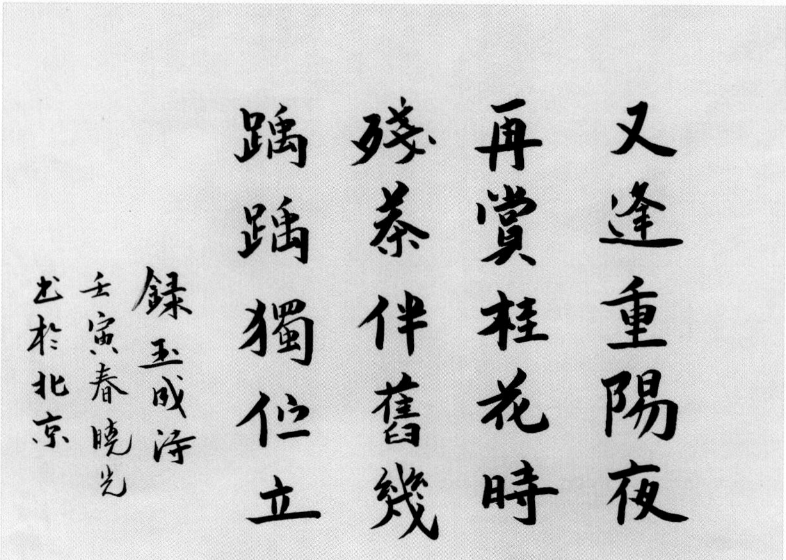
又逢重陽夜
再賞桂花時
殘茶伴舊幾
踽踽獨佇立
錄玉成詩
壬寅春曉光
書於北京

重阳

又逢重阳夜，
再赏桂花时。
残茶伴旧几，
踽踽[1]独伫立。

写于二零一八年十月十六日

[1] 踽踽：只身独行。

旅途[1]（其二）

流连塞北霜叶地，
徐行江南绿柳堤。
星点残荷蓬犹立，
满地黄花开天际。

写于二零一八年十月十二日

[1] 写于往返长春与常州时的旅途。

◎ 南宋 夏圭 《西湖柳艇图》（局部）

◎ 清 袁耀《扬州四景——万松叠翠图》

滆湖夜

星辰显没云海间，
湖风徐来柳翩翩。
万家灯火伴我眠，
心如明月照江天。

写于二零一八年八月二十四日

◎ 清　石涛　《李白诗意图》（局部）

暮游滆湖

绿洲伫立波百里，
朝夕魂牵翠芳堤。
水似沧浪随风起，
落霞满天鸥鹭栖。

写于二零一八年八月一九日

创业感怀

时时刻刻图破壁[1]，

南来北往结恩义。

月月年年或寸进，

历历在目粉墨[2]戏。

写于二零一八年七月二十八日

[1] 破壁：比喻人打破现状，有所作为

[2] 粉墨：戏剧演员的妆容

◎ 南宋 米友仁《云山墨戏图》（局部）

◎ 宋 马麟 《静听松风图》（局部）

醉游燕子矶

滔滔江畔燕子矶[1]，
碧血洒尽兵火息。
酒樽石[2]前一醉客，
清风何曾动心机。

写于二零一八年六月二十三日

[1] 燕子矶：位于南京郊外的直渎山上，远眺似石燕掠江，因此得名，是长江重要的渡口和古代军事重地。

[2] 酒樽石：燕子矶顶有一块较大的内凹外圆的杯状石，形似古代的酒樽。传唐代大诗人李白游燕子矶时以此石为杯，把盏问天，对江酹月，并书写了“吞江醉石”四个大字。

回乡有感

塞北江南独自奔，
风霜雨雪遇本真[1]。
熙熙攘攘浮生绘，
茕茕孑然琉璃身。

写于二零一八年六月十七日

[1] 本真：指本源、真相、本来面貌。

◎ 明 文徵明 《溪桥策杖图》

◎ 元 盛懋 《坐看云起图》

游圩墩宋剑湖[1]有感

常恨酒杯深似海，
笑看人情袖底风。
皓首穷经[2]图一梦，
俗事前尘皆是空。

写于二零一八年六月一三十日

[1] 宋剑湖：位于江苏省常州市武进区遥观镇，是长江三角洲形成时洼地淤塞而成的湖群之一，常州市四大湖泊之一。

[2] 皓首穷经：指年纪很大了，仍一心钻研经籍，这里指读书。

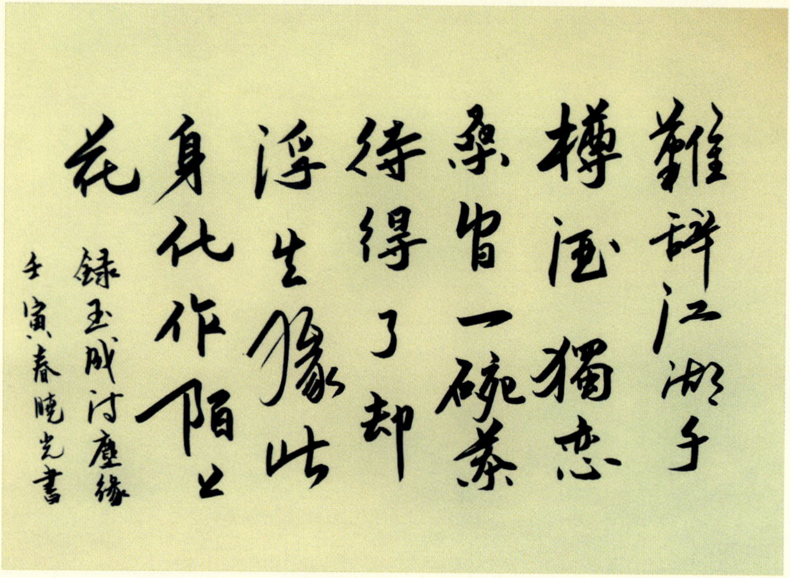
難辭江湖手
樽酒獨戀
粱皆一碗茶
待得了卻
浮生緣此
身化作陌上
花
錄玉成詞塵緣
壬寅春曉光書

尘缘

难辞江湖[1]千樽酒[2]，
独恋桑间一碗茶。
待得了却浮生[3]缘，
此身化作陌上[4]花。

写于二零一八年五月二十六日

[1] 江湖：指四方各地。

[2] 樽酒：杯酒亦作酒食。樽，古代盛酒的器具。

[3] 浮生：短暂的人生。

[4] 陌上：田间，也指不在城市中心。古代东西走向的田间小路称为“陌”。

◎ 宋 马远 《华灯侍宴图》（局部）

星夜咏怀

一瞬一霎流光[1]逝，
一毫一缕华发丝。
半生懵懂一弹指，
半生余勇[2]酬远志。

写于二零一八年五月八日

[1] 流光：这里指光阴、岁月。

[2] 余勇：未尽的勇气和力量。

◎ 清 王翚《水阁幽山图》（局部）

江南春末

深睡不觉夜雨，
闲看雾迷青山。
蔷薇开满湖畔，
谁道春意阑珊。

写于二零一八年五月六日

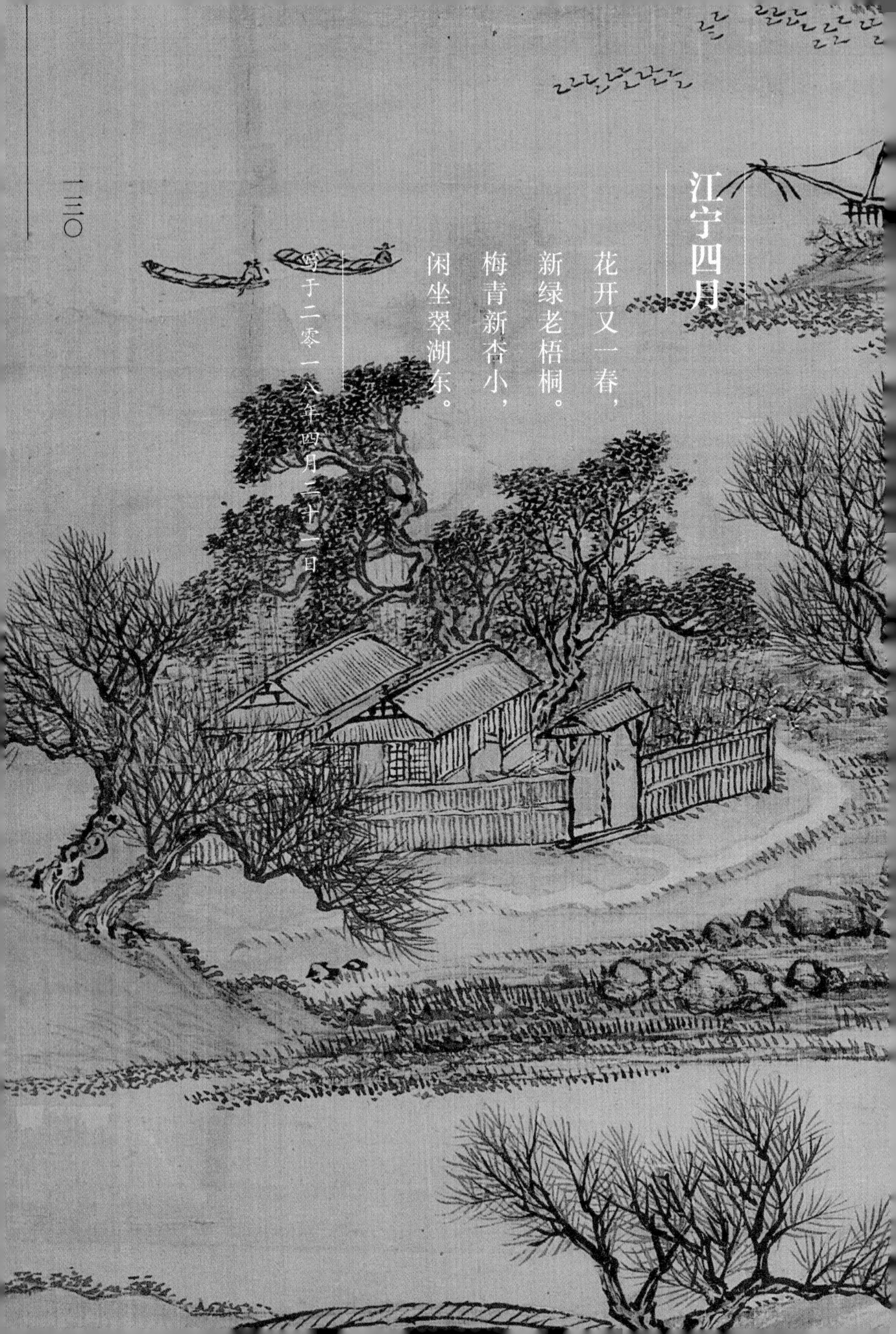

江宁四月

花开又一春，
新绿老梧桐。
梅青新杏小，
闲坐翠湖东。

写于二零一八年四月二十一日

◎ 清 王翚《杏花春雨江南图》（局部）

咏桃·瘦西湖

洋洋洒洒栽水边，
恣意绽放好似仙。
东风吹落花千簇，
仰天大笑面朝天。

写于二零一八年四月九日

◎ 清 王翚《桃花春水图》

◎ 明 唐寅 《柴门掩雪图》（局部）

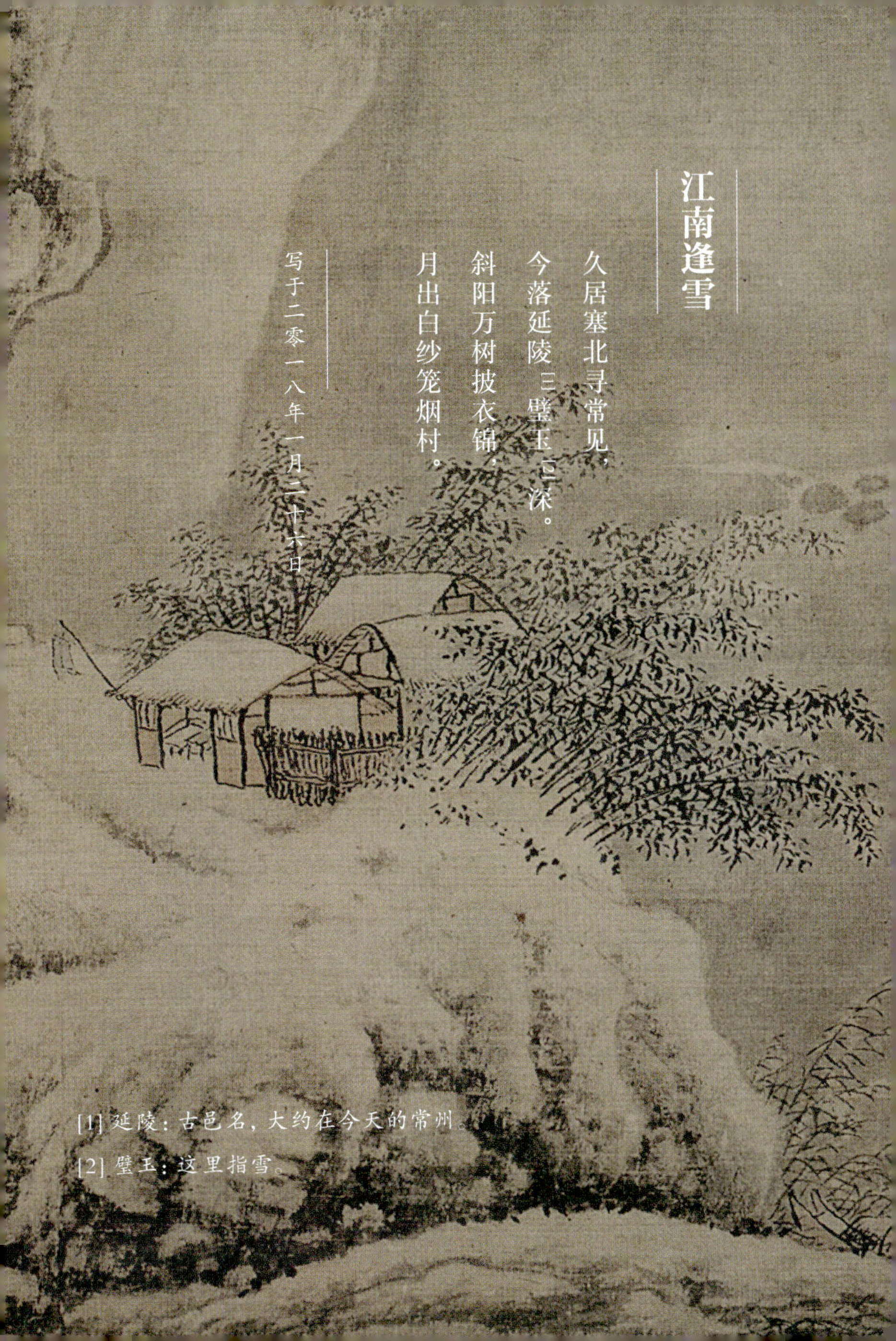

江南逢雪

久居塞北寻常见，
今落延陵[1]璧玉[2]深。
斜阳万树披衣锦，
月出白纱笼烟村。

写于二零一八年一月二十六日

[1] 延陵：古邑名，大约在今天的常州。

[2] 璧玉：这里指雪。

◎ 宋 佚名 《荷亭消夏图》（局部）

忆游醉白池[1]

冬阳斜照四面厅，
转瞬举目满天星。
独对长江东流水，
顽童不知其昌庭。

写于二零一七年十二月十六日

[1] 醉白池：位于上海，是江南著名的古典园林之一。松江著名书画家、明代礼部尚书董其昌在此处建造“四面厅”“疑舫”等建筑。

◎ 北宋 佚名 《烟风秋晓图》（局部）

江南·秋

风来飒飒叶满天，
银杏片片落阶前。
荻花恍似千秋雪，
红枫万树染霜天。

写于二零一七年十二月二日

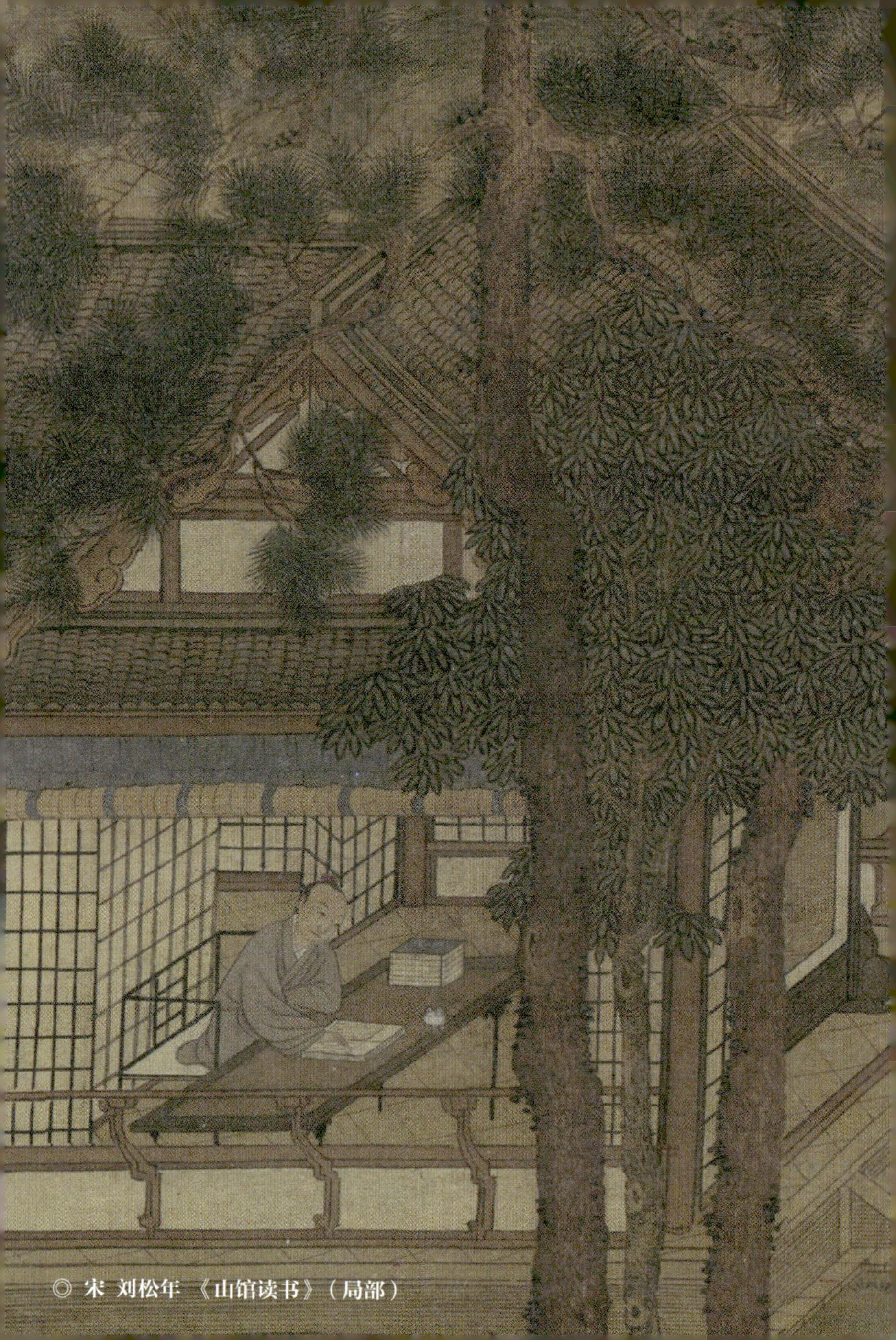

◎ 宋　刘松年 《山馆读书》（局部）

写诗

寂寂[1]长夜里，
窗外雨潇潇[2]。
独乐人不知，
字字暗推敲。

写于二零一七年六月十五日

[1] 寂寂：寂静无声，亦指孤单一人。

[2] 潇潇：这里指风雨急骤。

◎ 元 黄公望 《快雪时晴图》

侠客行·咏怀

千屋万巷白，
满怀刮骨风。
风雪无所惧，
昂首恶言中。

写于二零一五年六月二十五日，
定稿于二零一七年五月二十日。

◎ 明 仇英 《渔笛图》（局部）

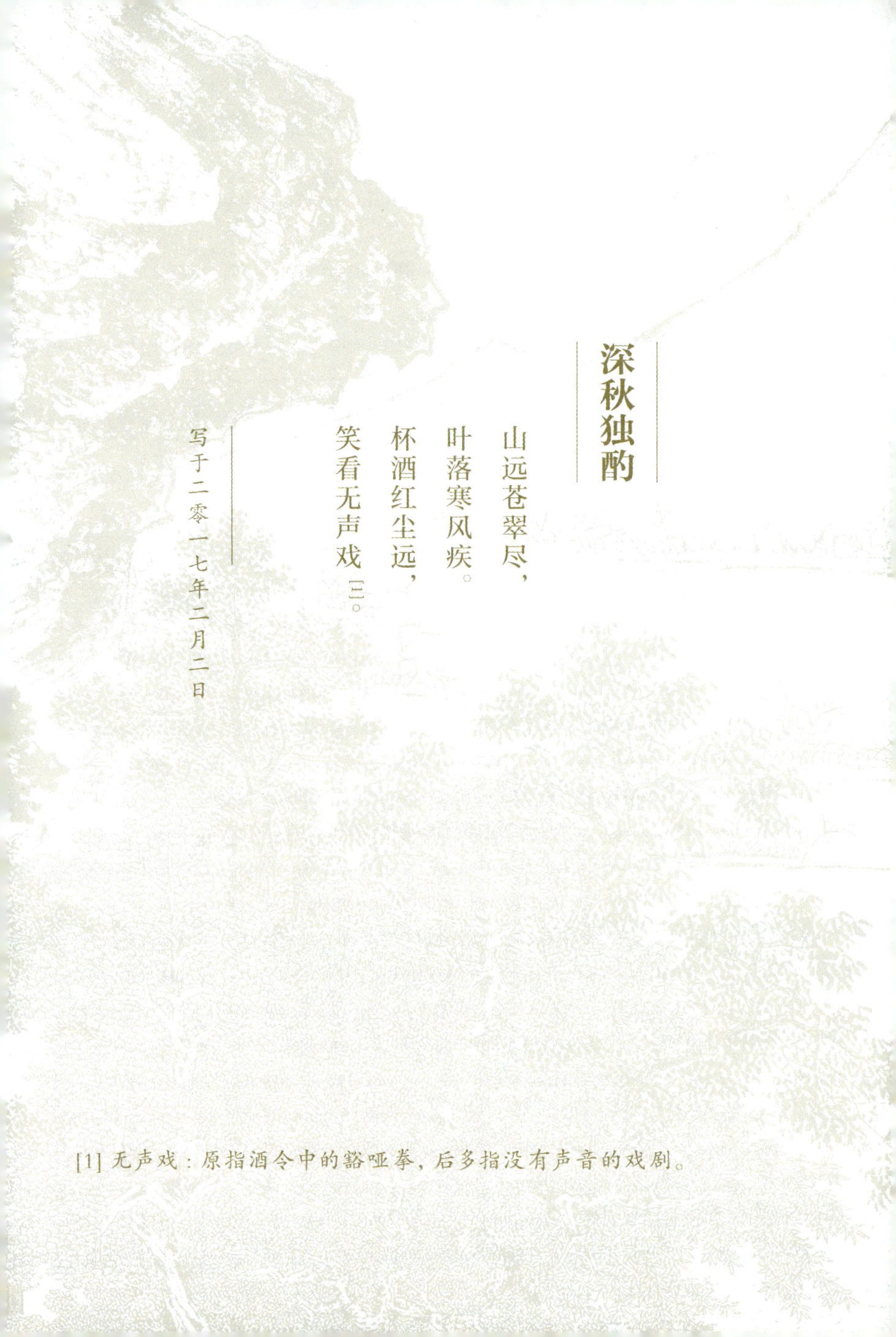

深秋独酌

山远苍翠尽，
叶落寒风疾。
杯酒红尘远，
笑看无声戏[1]。

写于二零一七年二月二日

[1] 无声戏：原指酒令中的豁哑拳，后多指没有声音的戏剧。

◎ 宋 李迪 《雪树寒禽图》（局部）

还乡

皑皑原上雪，
横斜老树桠。
寂寂[1]薄暮起，
归巢一寒鸦。

写于二零一七年二月一日

[1] 寂寂：此处指寂静无声。

◎ 明 蓝瑛 《江皋飞雪图》（局部）

冬·岁末有感

叶尽年复尽，
昼夜盔甲明。
不觉年齿长，
朔风舞红缨[1]。

写于二零一四年十二月三十日，
定稿于二零一六年十二月一九日。

[1] 红缨：缨指彩带，红缨指红缨枪。这里的盔甲明、舞红缨都指忙于工作。

◎ 宋 马远 《山径春行图》

我身（其一）

心如北冥鱼，
身似风飘絮。
转瞬天舟[1]远，
故园芭蕉绿。

写于二零一六年二月十五日

[1] 天舟：这里指所乘的飞机。

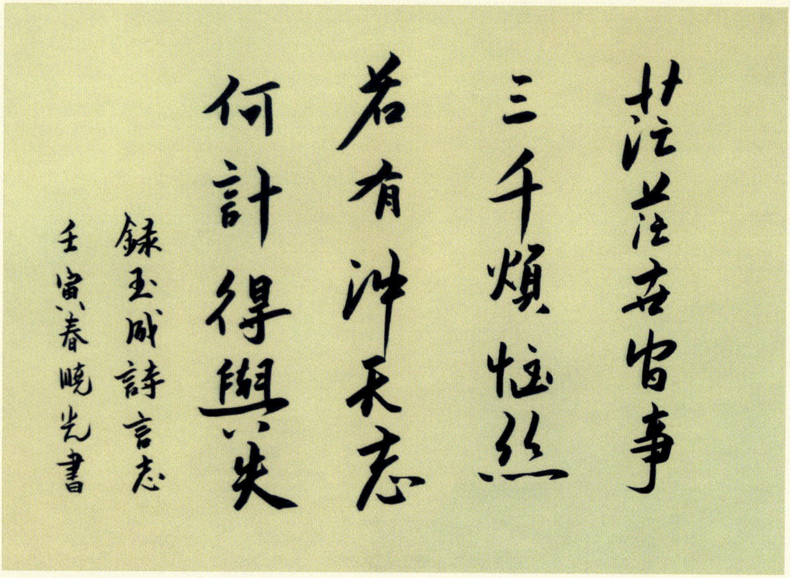
三千煩惱絲
若有沖天志
何計得與失
錄玉成詩言志
壬寅春曉光書

夜语·言志

茫茫世间事，
三千烦恼丝。
若有冲天志，
何计得与失。

写于二零一四年十二月八日

◎ 宋 佚名 《橘枝栖雀图》

初秋

凉风拂落叶，
夏虫独自鸣。
远山固青色，
桂花暗传香。

写于 二零一四年九月十四日

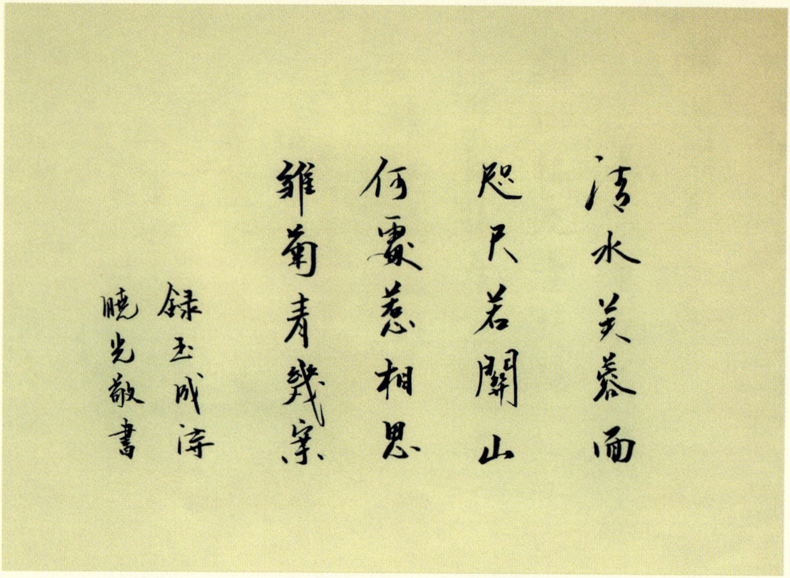
清水芙蓉面
咫尺若關山
何處惹相思
雛菊青幾朵
錄玉成詩
曉光敬書

无题（其五）

清水芙蓉面，
咫尺若关山。
何处惹相思，
雏菊青几案。

写于二零一四年八月二日

◎ 明 唐寅《金昌送别图》（局部）

同窗秋日小聚

塞北草如丝，
燕花开满枝。
夜来白露起，
却是别离时。

写于二零一四年六月二十五日

律诗

桃

栾玉成

春来花如錦
夏玉果似殷
霜降繽紛葉
暮悬千家門

荏苒百年身
長存萬古魂
若祇營營心
莫若土與塵

晓光書録

桃

春来花如锦，
夏至果似殷，
霜降缤纷叶，
暮悬千家门。
荏苒百年身，
长存万古魂。
若只营营心，
莫若土与尘。

写于二零二一年十二月十八日

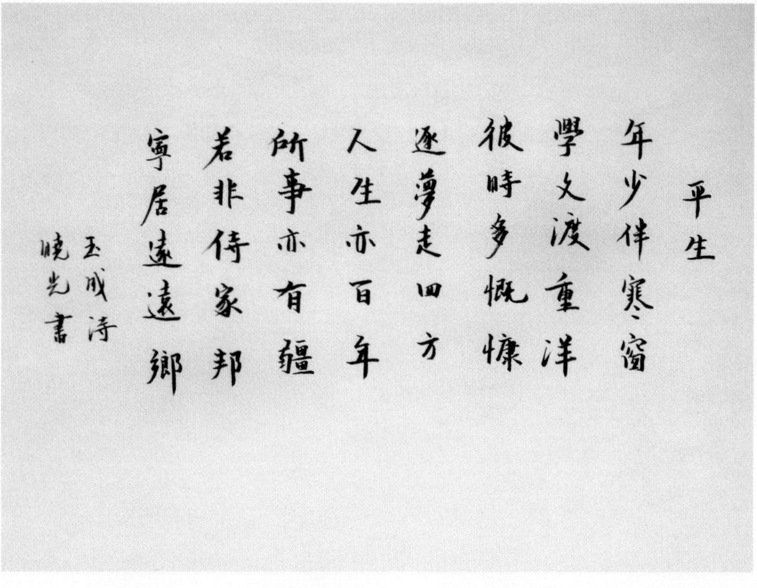
平生
年少伴寒窗
學文渡重洋
彼時多慨慷
逐夢走四方
人生亦百年
所事亦有疆
若非侍家邦
寧居遠遠鄉
玉成詩
曉光書

平生

年少伴寒窗，
学文渡重洋。
彼时多慨慷，
逐梦走四方。
人生亦百年，
所事亦有疆。
若非侍家邦，
宁居远远乡[1]。

写于二零二一年十二月十二日

[1] 远远乡：这里指遥远的故乡。

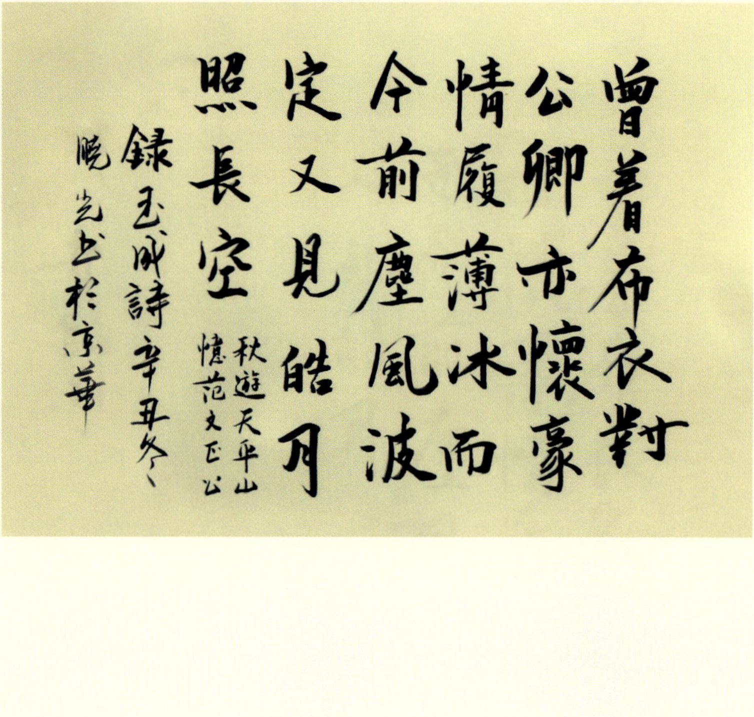
曾着布衣對
公卿亦懷豪
情履薄冰而
今前塵風波
定又見皓月
照長空
秋遊天平山
懷范文正公
錄玉成詩辛丑冬
曉光書於京華

秋游天平山[1]·怀范文正公

枫红[2]犹知贤人[3]意，
苇白岂只别离情。
千古文章忧天下，
万片霜叶作风铃。
曾着布衣对公卿，
亦怀豪情履薄冰。
而今前尘风波定，
又见皓月照长汀[4]。

写于二零二一年十一月二十日

[1] 天平山：天平山风景名胜区位于苏州古城西南，太湖之滨。北宋名臣范仲淹先祖归葬之地。

[2] 枫红：天平山有奇石、清泉、红枫三绝。

[3] 贤人：指范仲淹。

[4] 长汀：指天平山庄的水边平地，又指作者所居处的路名。

◎ 宋 佚名 《沧海涌日图》

乘机[1]有感（其三）

碧海青天云舒涌，
星岛[2]芳舟波万重。
念起恍如惊涛浪，
缘灭又似万里空。
自在向无心蒙尘，
愁烦多是贪嗔生。
世人牧羊频看天，
仙家牧云笑望公[3]。

写于二零二零年八月三十日

[1] 乘机：坐飞机，这里是从深圳乘机。

[2] 星岛：如星的岛，此处指众多的小岛。

[3] 公：敬辞，多称男子。

◎ 明 沈周 《京江送别图》（局部）

送别·赠甥女[1]

塞外红叶掩重楼，
净月潭[2]水兆灵秀。
秋果喜迎明珠女，
转眼已是寇梢头。
长忆童龀[3]慧且羞，
笃学达旦沐星斗。
喜逢将赴重洋[4]远，
鹏程万里舅折柳[5]。

写于二零一九年十一月十一日

[1] 写于外甥女 18 岁时。

[2] 净月潭：位于吉林省长春市东南部长春净月经济开发区。

[3] 童龀：童年和少年时期。

[4] 赴重洋：这里指将出国留学。

[5] 折柳：指离别。

◎ 宋 夏圭 《捕鱼图》

夜思

独对今宵明月夜，
犹记旧岁秋日游。
淀山碧水映天阔，
芳堤芦花过人头。
随风浮萍飘天际，
三两渔人弄扁舟。
囡[1]女戏蟹吾温酒，
夜思何日再聚首。

写于二零一八年九月二十二日

[1] 囡：对女孩的昵称，亦有宝贝的意思。

◎ 宋 佚名 《荷蟹图》

夏游白洋淀

迢迢夜宿燕赵里，
芙蕖星罗畿辅[1]地。
万顷烟波鸥鹭栖，
如织芦叶共涟漪。
红尾金翅[2]莲间戏，
风来摇动接天碧[3]。
雨落荷叶次第起，
月色迷蒙婷婷立。

写于二零一八年八月十一日

[1] 畿辅：靠近国都的地方，现多指河北。

[2] 红尾金翅：鱼。

[3] 接天碧：大面积生长的荷叶。

◎ 清 恽寿平 《湖山春暖图》（局部）

我身（其二）

浮光掠影天复天，
物是人非年又年。
年又一年年齿[1]变，
天复天来天命现。
去岁散居滆湖边，
明月伴我诗酒间。
信步万亩稻花田，
推窗遥望水连天。

写于二零一八年八月二日

[1] 年齿：指年纪、年龄。

◎ 五代 顾德谦 《莲池水禽图》（局部）

观荷感怀

粉瓣独对日炎炎，
金蕊远眺万里天。
玉藕扎根塘泥边，
碧叶伫立凡尘间。
微末创业十余年，
万里浊尘[1]万里烟。
怕遇旧交怀旧事，
偶驻池边睹荷仙。

写于二零一八年七月二十三日

[1] 浊尘：尘世、凡俗，亦指烦恼。

观农

江南盛夏青秧苗，
清水倒映稻禾小。
虫鸣悠远蛙声高，
行人零落车马悄。
晨雾飘渺心尚躁，
午见插秧烦意消。
幸得片刻六根清，
炎夏宛如三月好。

写于二零一八年七月十五日

◎ 清 焦秉贞 《耕织图》

◎ 清 高岑 《山水册页》（局部）

夏游滆湖[1]感怀

日暮细雨霏霏[2]，
薄云双燕低回。
芦荻斜风蝶追，
信步湖畔不归。
静听潮起潮退，
块垒[3]随波而碎。
行棋[4]不曾有悔，
何惧是是非非。

写于二零一七年一月三日

[1] 滆湖：苏南地区仅次于太湖的第二大淡水湖，江苏五大湖泊之一，位于太湖上游，纵跨武进区和宜兴两市（区），东临太湖，北经扁担河、德胜河通长江。

[2] 霏霏：雨雪烟云盛密的样子。

[3] 块垒：累积的块状物，比喻郁积在心中的气愤或愁闷。

[4] 行棋：下棋。

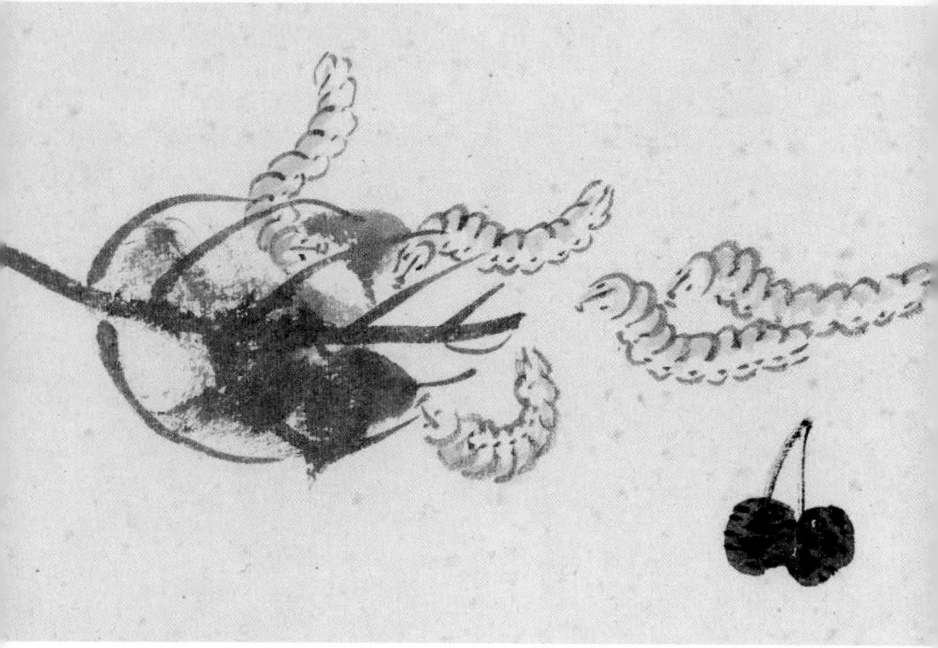

◎ 齐白石 《桑蚕图》

我身（其三）

陌上桑影斜，
春蚕织丝茧。
日夜啖青叶，
秋来复一年。
自缚于茧间，
梦蝶舞翩翩。
奈何女尚幼，
无法上青天。

写于二零一四年三月

词

◎ 清 李禅 《桃花柳燕图》(局部)

鹧鸪天·枇杷

手种枇杷八九株，
彩蝶流连白茅屋。
春来花清不争妒，
夏至碧玉挂金珠。
偎青竹，倚翠湖，
又伴灯下万卷书。
长风皓月绘仙图，
可作菩提度愚夫。

写于二零二二年四月二十四日

◎ 元 夏永 《岳阳楼图》

鹧鸪天·清明随感

窗外几枝翠青竹，
春来又作梅花屋。
慎独[1]自是桃源渡，
何论江南草为庐。

春易逝，百花舞，
何计明朝繁与疏。
天地造化为铜炉[2]，
宿心却向流年付。

写于二零二二年四月三日

[1] 慎独：独处中谨慎不苟。

[2] 天地造化为铜炉：出自贾谊《鹏鸟赋》："且夫天地为炉兮，造化为工；阴阳为炭兮，万物为铜。"

◎ 宋 李公麟 《商山四皓会昌九老图》（局部）

相见欢·无题

吴淞江畔冬日，见故知，
会饮千杯阔谈江湖事。
笑谈诗，敏才识，三更迟，
信知天高地远却咫尺。

写于二零二一年十二月十五日

◎ 元 赵孟頫 《欧波亭图》（局部）

相见欢·怀三藏法师

一路行过山川，历尘凡，
六根[1]不染，渐进破三关[2]。
拙谀谗、懒计算、近芝兰，
何计绳锯木断斜阳晚。

写于二零二一年十二月五日

[1] 六根：佛教指六种感觉器官，即眼、耳、鼻、舌、身、意。

[2] 三关：佛教禅宗名词，即本参（初关）、重关、末后关。

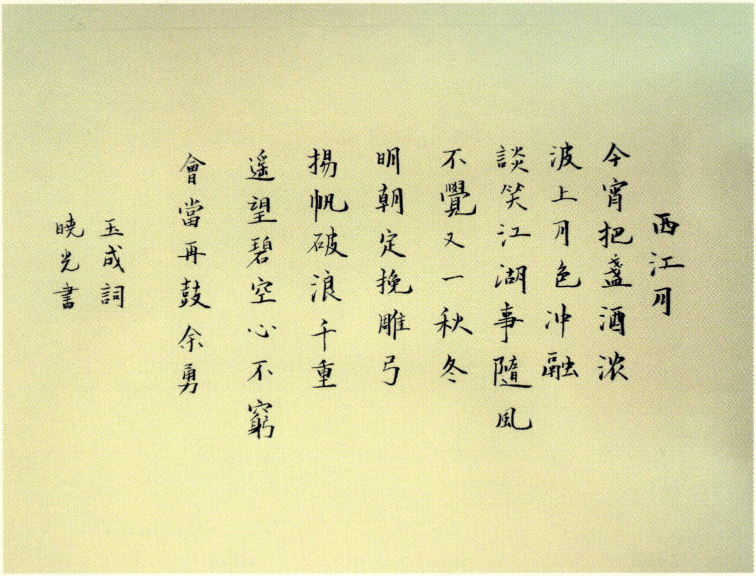
西江月
今宵把盞酒濃
波上月色沖融
談笑江湖事隨風
不覺又一秋冬
明朝定挽雕弓
揚帆破浪千重
遙望碧空心不窮
會當再鼓余勇
壬戌詞
曉光書

西江月·无题

今宵把盏酒浓，
波上月色冲融[1]。
谈笑江湖事随风，
不觉又一秋冬。

明朝定挽雕弓，
扬帆破浪千重。
遥望碧空心不穷，
会当再鼓余勇。

写于二零二一年十二月三日

[1] 冲融：充溢弥漫的样子。

◎ 明 戴进《风雨归舟图》（局部）

采桑子·无题

正是夜雨寒食近，
塞北新坟，
长忆严亲[1]，
欲问明月索点信。
息鼓却难报深恩，
营营一人，
何忘六尘[2]，
可见亦有亦空门。

写于二零二一年十一月二十三日

[1] 严亲：指父亲。

[2] 六尘：依于六根所接之尘有六，色、声、香、味、触、法。

◎ 明 文徵明 《松石高士图》（局部）

采桑子·重阳感怀

重阳重游又重逢，
酒酽[1]丹枫、灼灼[2]风灯[3]，
门前尽是岁寒松。

宴罢独行临江风，
前尘如梦，恩怨成空，
恍似酣睡一老僧。

写于二零一九年十月八日

[1] 酽：浓，味厚。

[2] 灼灼：鲜明，明亮。

[3] 风灯：有罩能防风的灯，这里是指路灯。

◎ 明 陈洪绶 《远浦归帆图》（局部）

望江南·于毕业二十年

再聚首，
恍似少年游。
旧同学肥马轻裘，
离人放歌泛扁舟，
江水映重楼。

写于二零一九年七月十五日

◎ 宋 佚名 《戏猫图》

少年游·无题

冬阳正好，碧空如洗，
闲看猫儿戏。暂卸征袍，
凭栏追忆，秋高少年时。
赤峦[1]叠翠，芳堤烟柳，
奇石铺长溪。棘果玉食，
甜草珍馐，孩童忘归期。

写于二零一九年二月八日

[1] 赤峦：红山，内蒙古赤峰的红山文化遗址、辽文化遗址已列入世界文化遗产预备名单。

◎ 宋 牟益 《溪山苍翠图》

菩萨蛮·无题

塞北江雪慰乡愁，
苍松迎暮雀啾啾[1]。
天际浮云缈[2]，
岁首濯[3]征袍。

年少觅封侯，
四海行不休。
潘鬓似一朝，
还乡爆竹俏。

写于二零一九年二月三日

[1] 啾啾：形容许多小鸟齐叫的声音。

[2] 缈：高远隐约。

[3] 濯：洗涤、清洗。

◎ 清 金农《画舫空留波照影》（局部）

行香子·无题

散居水乡[1]，独倚寒窗，
年[2]近时芦荻苍苍。
松竹犹翠，霞如霓裳。
看落鸿栖，飞鸿鸣，孤鸿翔。

寂寂回廊，雪雨风霜。
梦醒处思绪由缰。怨憎别离，
诸相非相[3]，愿贪心戒，
嗔心定，痴心往。

写于二零一九年一月十四日

[1] 水乡：多指“江南水乡”，此处指常州滆湖边。

[2] 年：指春节及其前后的几天。

[3] 诸相非相：不被虚幻的外表所迷惑，进而明心见性，真正认识自我。

◎ 北宋 崔白 《寒雀图》（局部）

踏莎行·元旦

偶过烟村，梅花正好。
洲上疏林宿归鸟。
南来孤雁划长空，
啁啾[1]振翅冬阳照。

呼朋引贤，泛舟唱棹[2]。
谈笑对落木衰草。
乘风把酒向碧空，
抬眼望烟波浩渺。

写于二零一九年一月三日

[1] 啁啾：形容鸟叫声。

[2] 唱棹：泛舟时吟唱。

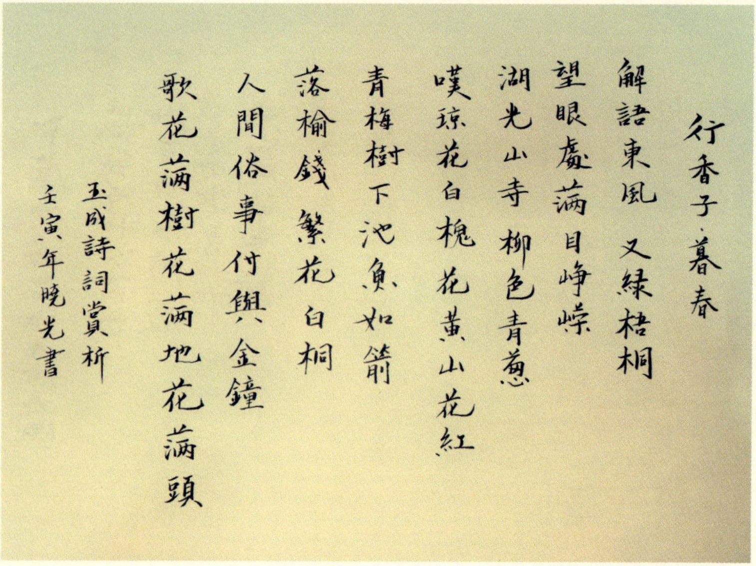
行香子·暮春
解語東風 又綠梧桐
望眼處滿目崢嶸
湖光山寺 柳色青蔥
嘆琼花白 槐花黃 山花紅
青梅樹下 池魚如箭
落榆錢 繁花白桐
人間俗事付與金鐘
歌花滿樹 花滿地 花滿頭
玉成詩詞賞析
壬寅年曉光書

行香子・暮春

解语东风，又绿梧桐，
望眼处、满目峥嵘[1]。
湖光山寺，柳色青葱。
叹琼花白、槐花黄、山花红。

青梅树下，池鱼如箭，
落榆钱、繁花白桐。
人间俗事，付与金钟[2]。
歌花满树、花满地、花满头。

写于二零一八年五月六日

[1] 峥嵘：形容植物茂盛。

[2] 金钟：金钟花，木犀科，连翘属。

◎ 宋 马远 《林和靖图》（山园小梅）

一剪梅·春节夜读有感

谁道流光太匆匆，
映在书中，印在心中。
一盏清茶一盏灯，
历经冰霜，不见冰霜。

千秋雪里一老松，
独对日落，独对叶落。
而今不再叹秋风，
霁也从容，雷也从容。

写于二零一八年二月十六日

◎ 宋 王诜 《飞阁延风图》（局部）

行香子·古樟[1]

宋代村庄，千年香樟。
看斜阳、雨雪风霜，
寒来暑往，石火电光，
对橘花白、荷花红、桂花黄。

碧瓦青墙，残椽[2]废塘。
历兴亡，兵戈之殇。
根深枝苍，叶蔽茅堂，
迎一阵雷、一阵雨、一缕光。

写于二零一八年一月二十日

[1] 古樟：此樟树植于唐代，有着1200岁高龄，植于明月湾古村，该村落位于江苏苏州的太湖西山岛。

[2] 椽：放在檩上架着屋顶的木条，在古代也代称房屋的间数。

◎ 元 任贤佐 《人马图》

清平乐·无题

无悲无喜，
旧日红尘[1]醉。
肥马轻裘[2]好弦丝[3]，
常忧得失进退。

历经海角天涯，
爱恨宠辱浮华[4]。
笑谈兴废之事，
心底犹种梅花。

写于二零一七年四月二十五日

[1] 红尘：指繁华的都市，也指名利。

[2] 肥马轻裘：骑肥壮的马，穿轻暖的皮衣，形容非常富裕。

[3] 弦丝：指弦乐器上用以发音的丝线，亦借指弦乐器，这里泛指音乐。

[4] 浮华：指表面上豪华动人而实际内容空虚。

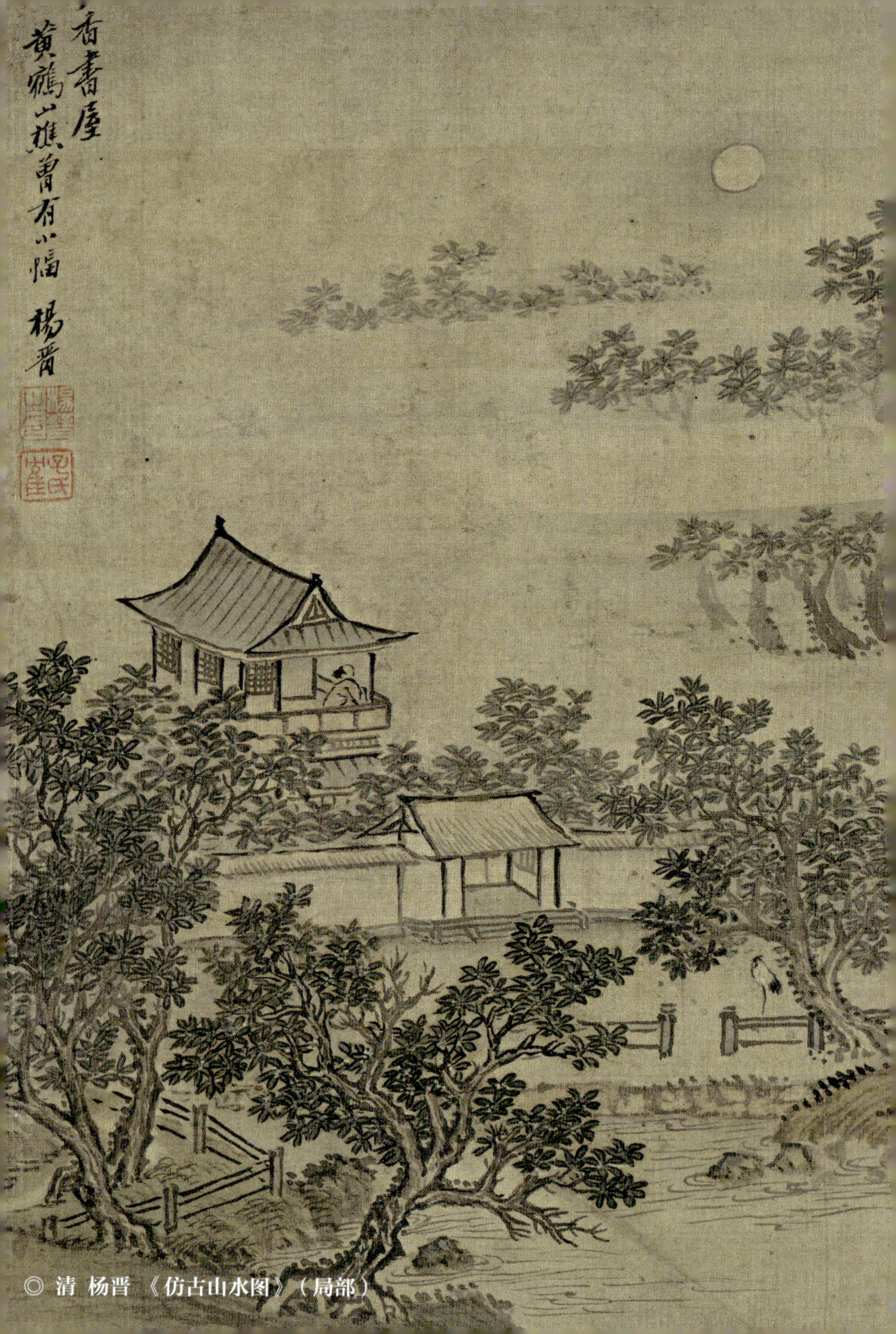

◎ 清 杨晋 《仿古山水图》（局部）

望江南·无题（一）

离别苦，
音讯杳无踪。
相思难寄病梧桐，
旧颜常入梦魂中。
秋雨又秋风。

写于二零一五年九月二十日

◎ 宋 马远 《雕台望云图》

望江南·无题（其二）

百年身，
如梦亦如真。
昼夜披荆终不倦，
不顾名利是否空。
霜雪若春风。

写于二零一六年十月

水调歌头·夏初观花

春花满枝头，纷纷落泥间。
光阴流逝不觉，雪尽柳絮现。
惜花枝前人聚，人散只因花稀，
横斜老枝干。静默落余荫，蜂蝶皆不见。
春夏生、秋果熟、冬则藏。
四季生根，何须看他人憎悦。
花开时香盈袖，花落尽弄清荫，
长至凌云不倦。转眼人如旧，春来花下喧。

写于二零一五年五月八日

◎ 明 仇英 《捉柳花图》

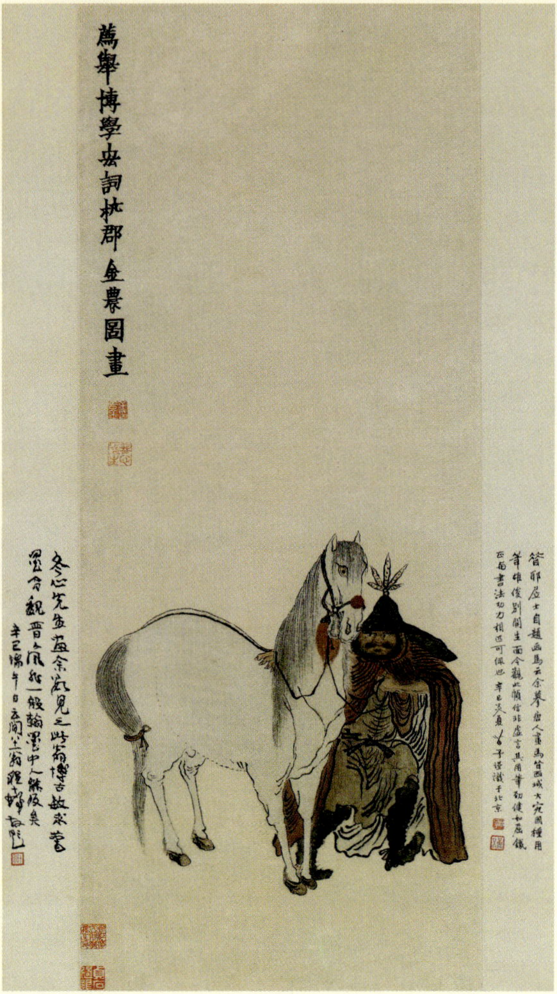

◎ 清 金农《鞍马图》

江城子·忆往昔廿年有感

谁家少年不轻狂，
走四方、不还乡。
一腔热血，笑颜汗如浆。
筚路餐风酬远志，
弹指间、面沧桑。

粗茶渴饮迎风霜，
居陋巷，又何妨。
墨藏胸中，履踏路千行。
犹有壮志冲霄汉，
识高义、战八方。

写于二零一五年二月二十一日

◎ 南宋 马远 《晓雪山行图》（局部）

丑奴儿·冬夜

衰草连天光渐消，
遥见荒村，
遥见荒村，
可有一隅寄我身。

热泪成冰无人拭，
晨晨昏昏，
晨晨昏昏，
惟有星月入青樽。

写于二零一五年一月二十五日

◎ 清 李士倬 《皋涂精舍图》（局部）

青玉案·言志

梦里江南冰雪疏，
桐叶落、飞如雨，
粉黛青瓦看不足。
倚百丈松，玉壶酒煮，霜天梅花舞。

墨衰色减风吹絮，
水土浊污烟瘴起，
飞鸟年年觅新宿。
化翻云手，清风徐来，莺啼翠堤处。

写于二零一五年一月十一日

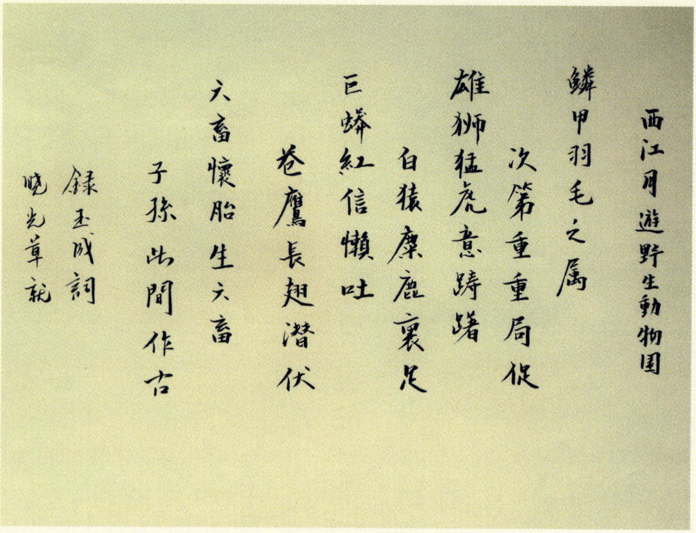
西江月 遊野生動物園
鱗甲羽毛之屬 次第重重局促
雄獅猛虎意躊躇 白猿麋鹿裹足
巨蟒紅信懶吐 蒼鷹長翅潛伏
六畜懷胎生六畜 子孫出間作古
錄玉成詞
曉光草就

西江月·游野生动物园

鳞甲羽毛之属，
次第重重局促，
雄狮猛虎意踌躇，
白猿麋鹿裹足。

巨蟒红信懒吐，
苍鹰长翅潜伏，
六畜怀胎生六畜，
子孙此间作古！

写于二零一五年一月二日

◎ 宋 马远 《月下把杯图》（局部）

念奴娇·忆往昔寄二友

粗茶浓墨，挽雕弓，待了俗务交卸。
青衫犹记少年梦，平地高楼不怯。
万里关山，催生白发，勤行昼与夜。
亲友少聚，惟有星月如梭。

常思钱塘潮头，风起波卷，千古江心月。
热血经年犹未暗，冲破胸中千结。
待得明朝，诸君当见，他乡桂花折。
路人或问，缘何悲喜交加？

写于二零一四年十二月八日

◎ 宋 夏圭（传）《临流抚琴图》

破阵子·暗夜听雨

散人素爱管弦，
纵有天雨天阴。
丝竹里雷雨如霁，
熙来攘往看众生，
霹雳心莫惊。

梅兰竹菊皆爱，
也喜天际大星。
几多悲喜世间事，
何计浮生利与名，
静心度平生。

写于二零一四年十二月八日

◎ 明 仇英 《莲溪渔隐图》（局部）

南乡子·忆秋游洋山港[1]

东海一小洲，
茫茫水奔如狮吼。
沧桑变幻随波逝，
无休，何论人世喜与忧。

天远一沙鸥，
雨急风细随起落。
波平浪涌自去留，
何求，心无旁骛任遨游。

写于二零一四年十一月一九日

[1] 洋山港：位于浙江省舟山市嵊泗县境内，是上海国际航运中心的深水港区。明嘉靖时有官兵于此戍守防倭，清顺治年间郑成功、张煌言北上伐清曾会泊于该岛，乾隆、嘉庆年间水师屡战闽盗蔡牵于此。